Philippe Djian

Assassins

Gallimard

Pour Année

40. Hiai / La Libération

Quand il n'y a plus d'endroit où l'on doive aller,
  le retour est source de fortune.
Quand il y a encore un endroit où l'on doive aller,
  c'est alors la hâte qui est source de fortune.

YI-KING

... and if life is a living-room then I am in the hall
and I am glad.

DAVID GRAY
A Century Ends

CHAPITRE UN

*(Où Patrick Sheahan achète une plante
pour son salon)*

Je travaillais pour un assassin. Cette réflexion prenait toute sa valeur lorsque je me penchais sur la rivière. Je travaillais pour un assassin comme la plupart des habitants de la ville, mais personne ne disait rien.

Sans un mot, nous sommes retournés vers la camionnette. La femme nous a aidé à garnir le grand congélateur que nous leur avions offert l'an passé, comme aux autres. Il a déclaré que, cette fois, il pouvait ranger ses cannes à pêche pour de bon. Je n'avais pas envie de discuter. Tous les fermiers du coin savaient qu'ils pouvaient obtenir davantage quand les choses se gâtaient un peu et devenaient visibles, quand par exemple des poissons remontaient à la surface et flottaient le ventre en l'air. Je lui ai donc accordé un plateau de steaks supplémentaire, ainsi que du blanc de poulet et des travers de porc. Je lui ai mis ces choses dans les bras.

— Tout va bien. Nous allons rapidement régler ce problème, lui ai-je promis.

— Est-ce que je peux avoir un gigot ? m'a demandé sa femme. Pour notre anniversaire de mariage...

L'assassin pour lequel je travaillais aimait bien les fermiers. Ces deux-là, avec leur histoire d'anniversaire, l'auraient sans doute attendri et lui auraient arraché quelques bouteilles de bon vin. Je lui ai donc donné ce qu'elle désirait.

Jusqu'en fin d'après-midi, j'ai poursuivi ma distribution de nourriture. Les fermes concernées s'étalaient sur plusieurs kilomètres en aval. Parfois, on m'attendait avec un plein panier de poissons crevés, ce qui nous faisait gagner du temps. Sinon, j'étais accompagné vers la berge et je devais me pencher sur la rivière car on tenait à me prouver que l'on ne me racontait pas des blagues. C'était pour moi un spectacle particulièrement éprouvant à cette étape de ma vie.

L'usine se trouvait de l'autre côté de la rivière, sur les hauteurs. Le père de l'assassin qui m'employait avait eu le bon goût de s'installer au milieu des arbres, si bien qu'une bonne partie des bâtiments était cachée. De la ville, on n'apercevait que deux énormes cheminées dont les fumées nous renseignaient sur la direction du vent. La nuit, elles se découpaient dans une lueur rose orangé, reconnue comme l'une des curiosités de la région.

— Je croyais que nous étions à l'abri d'un pépin de ce genre..., m'a-t-il dit.

Puis il a proposé que nous dînions ensemble mais je ne me sentais pas le moindre appétit.

— Voyons, fais un effort...

Il m'a suivi dans le couloir.

— Arrête, avec tes histoires d'assassin... ! soupirait-il dans mon dos.

Nous sommes arrivés jusqu'à ma voiture.

— Marc... je suis simplement fatigué. Et je n'ai pas faim.

— Allons juste prendre un verre...

Il attendait que je me décide, serrant le col de son imperméable autour de son cou, les cheveux dressés par une soudaine bourrasque de vent humide.

Je l'ai regardé un instant dans le rétroviseur, pendant qu'on actionnait la barrière. Le gardien m'a adressé un signe en grimaçant vers le ciel. La fraîcheur de ce début d'octobre descendait du nord-ouest et l'on y voyait l'annonce d'un refroidissement précoce, d'un automne perturbé. Chez Melloson, le grand magasin du centre, il y avait déjà de grosses chaussettes de laine en vitrine et de longs manteaux dont on vantait la doublure isothermique.

Dans le jardin voisin, peu inquiet des étincelles qui s'envolaient au-dessus de sa tête, Thomas Vanledair surveillait son barbecue avec beaucoup d'attention. Par chance, le vent rabattait les odeurs sur le jardin des Borrys, préservant le mien d'un incendie possible et de vapeurs infernales.

— Le plus drôle dans ce pays, a-t-il déclaré, c'est qu'il y a des lois pour t'empêcher de jeter un papier dans la rue.

Je ne lui ai rien répondu mais j'ai ralenti à sa hauteur car Jackie venait d'apparaître à leur porte et me demandait d'attendre, agitant un journal dans ma direction.

— Chacun doit s'occuper de ses affaires..., a marmonné Thomas.

— Oh toi, ce que tu peux être bête... ! a soupiré Jackie.

— Écoute, il est assez grand pour faire ce qu'il veut. Et il n'est pas obligé de nous en parler... Qu'est-ce que tu fais de la vie privée, nom de nom !

Elle a secoué la tête. Puis haussé les épaules. Thomas a baissé les yeux sur son barcecue tandis qu'elle s'avançait contre la haie de manière à me parler en éliminant son mari de la conversation.

— Mon Dieu, Patrick, tu sais bien que ce n'est pas mon genre, m'a-t-elle assuré. Mais tu sais comme il est, cette histoire le tracasse... Est-ce que c'est si grave ?

— Je ne sais pas... On a aussitôt fermé les vannes. Ça n'aura sans doute pas l'ampleur de l'année dernière mais le prix du poisson risque d'augmenter, à moins que ce ne soit pour fabriquer de la colle.

— Oui, c'est malheureux... Remarque, d'un autre côté, il ne te sert à rien. C'est ce que j'ai dit à Thomas : « Si nous n'avions pas les enfants... Dans le fond, pourquoi pas... ? »

Je ne comprenais pas ce qu'elle racontait mais j'ai remarqué qu'elle regardait l'étage de mon pavillon. Je me suis même retourné pour voir si tout allait bien là-haut. Le spectre de la mère de ma femme ne dansait pas derrière les tentures.

Toutefois, un frisson invisible m'a traversé avant que je ne repose les yeux sur Jackie.

— Eh bien, j'espère que tu n'apprendras pas ma mort par le journal... ! a-t-elle plaisanté. Enfin, dis-moi... sans indiscrétion... tu demandes combien ?

Thomas en a gémi d'indignation. Mais il n'a rien tenté pour se boucher les oreilles. J'ai fini par me pencher vers elle, comme si je n'avais pas très bien entendu.

— Et je devrais demander combien *pour quoi*, d'après toi... ?

— Oh très bien, Patrick... ! Tu n'es pas obligé de me répondre. Est-ce que tu veux bien accepter mes excuses... ?

J'ai considéré Thomas avec un sourire incrédule après qu'elle eut disparu dans la maison.

— Je suis censé être au courant de quelque chose... ?

D'une habile contorsion, il a esquivé une projection de fumée tourbillonnante.

— Tu viens manger avec nous ?

— Mais elle m'en veut pourquoi, au juste... ? Non, je te remercie, mais j'aimerais bien m'occuper du garage, il faut vraiment que je m'y mette.

— Écoute, je viendrais bien te donner un coup de main, mais ça ne va pas lui plaire. Tu vois comme elle réagit ? Elle se promène avec le journal depuis que je suis rentré. Ah, nom d'un chien ! Je n'étais pas encore descendu de la voiture qu'elle m'avait relu trois fois ton annonce... Eh bien, après la journée que nous avons eue, j'avais d'autres sujets de contrariété, je te prie de me croire...

J'avais déjà déployé mon propre journal et tâchais de le plier par le milieu en résistant au vent.

— Nous n'avons pas la même perception du monde, continuait Thomas. Là où tu passes en baissant la tête, tu les vois lever des pieds...

— Vas-y ! Montre-moi ça... !

Après quoi, j'ai aussitôt saisi mon téléphone, sans même prendre le temps d'allumer la lumière alors que j'y voyais à peine suffisamment pour composer le numéro du journal. J'ai réussi à obtenir quelqu'un au bout du fil.

— Très bien, voilà l'erreur... ! me suis-je écrié. Vous dites trente-quatre... ? Mais vous avez imprimé *cent* trente-quatre. Et j'habite au cent trente-quatre. Il n'y a pas d'appartement à louer à cette adresse... !

— Ah bon ? Vous êtes sûr ? Dans ce cas, nous sommes désolés...

— Oui, *j'espère* que vous êtes désolés.

Je suis resté assis une seconde. Je n'avais pas la moindre intention de louer l'appartement du premier, mais la coïncidence était amusante. J'avais à peine libéré l'étage des affaires de Viviane, expédié les quelques meubles à sa fille, qu'une erreur du journal signalait un deux-pièces vacant juste au-dessus de ma tête. Je me suis demandé comment ce 1, cette quasi-patte de mouche, s'était glissé sur le papier, immiscé devant le 3 et le 4 pour parvenir jusqu'à moi. J'ai repris le journal pour le fixer un instant. Je suis allé le placer sous la lumière. Je l'ai examiné à la loupe, l'ai gratté avec la pointe d'un couteau, puis j'ai aperçu Jackie dans son arrière-cour, occupée à tendre ses draps sous le ciel nuageux et assombri. Je suis sorti pour lui donner l'explication de notre malentendu.

— Mais quoi qu'il en soit, Patrick, je ne veux pas que tu penses que je me mêle de tes affaires...

Nous étions convenus que les très épisodiques rapports sexuels que nous avions ensemble ne devaient jamais affleurer dans le cours de nos vies respectives. Et Jackie y veillait scrupuleusement. Dans la minute où elle était rhabillée, c'était comme s'il ne s'était rien passé. Cela me permettait d'entretenir de bons rapports avec Thomas et de ne pas craindre qu'il nous surprenne en tête à tête car nous ne pensions à rien tant que les enfants et lui ne se trouvaient pas à moins de cent kilomètres de là. Aussi, lorsqu'elle prétendait ne pas se mêler de mes affaires, j'étais sûr qu'elle le disait sans arrière-pensées. Je crois qu'au fond, elle cherchait à savoir les choses sans même s'en rendre compte, par une espèce de réflexe naturel. Je lui ai répondu que je ne m'y étais pas trompé et nous avons fini d'étendre ses draps en silence.

Le téléphone a sonné à l'instant où je rentrais chez moi. Marc m'appelait d'un bar — Le Piranha, ai-je estimé, me fiant à son humeur lorsque je l'avais laissé sur le parking de son usine. Il voulait s'assurer que je n'avais pas changé d'avis, que j'étais bien conscient de l'abandonner au moment le plus mal choisi, il voulait dire à la suite de cette histoire qui ne l'amusait pas plus que moi. Je lui ai répété qu'il ne s'agissait pas de ça mais que j'avais encore tous ces cartons à trier.

— D'accord, ai-je ajouté, si c'est le mot qui te gêne, alors je le retire.

— Oui, j'aimerais que tu cesses de tout me mettre sur le dos... J'aimerais que tu sois à ma place.

Je lui ai conseillé d'aller terminer la soirée chez Louisa s'il ne voulait pas rentrer chez lui. Nous avions passé les trois dernières nuits ensemble et je le lui ai rappelé. Je lui ai demandé de comprendre que j'étais fatigué. Mais aussi que je ne pouvais plus repousser ce que j'avais à faire. Je l'ai laissé parler encore trente secondes puis j'ai raccroché.

J'ai allumé la télé et je suis allé prendre un bain. Je souffrais du genou droit, depuis quelque temps, particulièrement en fin de journée, et j'avais remarqué qu'un bain chaud me soulageait. J'appliquais sur mon articulation un gant de toilette que j'ébouillantais dans le lavabo si je cherchais à obtenir une amélioration plus rapide, quand par exemple j'avais quelque chose sur le feu. Peu de temps avant sa mort, Viviane m'avait convaincu de l'accompagner chez son rhumatologue, persuadée qu'un début d'arthrose me pendait au nez. Je n'en croyais pas un mot mais j'avais renoncé à la contrarier pour si peu. À présent qu'elle n'était plus là, son médecin pouvait toujours m'attendre.

Aussitôt après son enterrement, j'avais vidé l'appartement du premier. Je m'étais débarrassé de cette épreuve le plus vite possible, sans effectuer le moindre tri de ses affaires que j'avais rangées dans des cartons et descendues au garage. Maintenant, je devais terminer ce que j'avais commencé, sous peine de ne plus jamais en avoir le courage. D'ailleurs, je regrettais déjà de ne pas avoir poursuivi mes efforts dans la foulée, me réservant ainsi le plus terrible.

J'ai monté le son de la télé avant de descendre au garage. Il me semblait qu'avec la tombée de la nuit, le vent se doublait d'une pluie fine car j'entendais un bruit de papier froissé contre mon volet métallique. Il avait tant plu le jour de ses obsèques, et malgré la bâche tendue au-dessus de la fosse, que nous avions déposé son cercueil sur un fond de boue rougeâtre, épaisse de dix bons centimètres. J'espérais que le temps allait s'améliorer au fil des heures et que je pourrais sortir mes cartons tranquillement.

J'ai jeté la plupart des effets qui ne me rappelaient rien, ainsi que tout ce qui venait de ma femme et que Viviane avait gardé par faiblesse maternelle. J'ai rempli deux grands cartons de vêtements presque neufs, qu'à ma connaissance Viviane n'avait jamais portés, du moins pas depuis qu'elles étaient arrivées chez moi. J'ai brûlé ce que je ne pouvais ni jeter ni céder à une œuvre charitable. Quelques objets m'ont donné du fil à retordre. Parfois, je tournais en rond avec certaine écharpe à la main, certaines lunettes de soleil ou certain coussin japonais étudié pour la nuque. Je tergiversais devant un paquet de lettres. Je regardais des photos, assis devant la trappe de la chaudière.

Si je n'ai rien conservé, pour finir, ce n'était pas faute du temps que j'avais consacré à l'entreprise. En ouvrant mon garage, je me suis étonné des lueurs de l'aube, j'ai même aperçu la lumière du soleil sur les câbles du pont et le sommet des arbres, de l'autre côté de la rivière. Je me suis dépêché de sortir les cartons que j'ai empilés sur le trottoir. Puis je suis retourné dans mon jardin pour m'allumer une cigarette. Je souriais car nous étions un samedi matin. Le temps était frais, mais sec. J'avais mené à bien une tâche dont la seule pensée m'avait effrayé durant des jours. Et dans le calme et le silence de cette matinée où le vent même avait fléchi, je pouvais observer la lente remontée d'une benne à ordures vers le cent trente-quatre avenue des Chasseurs, l'un des derniers pavillons avant la fin d'Hénochville.

J'ai voulu assister à l'enlèvement de mes cartons par les employés de la voirie. Et bien m'en a pris car ils sont passés devant chez moi comme si je n'existais pas. Mais j'ai sauté ma barrière dans la même seconde. J'ai ressenti une violente douleur au genou. Rien de comparable, toutefois, avec la bouffée de rage qui m'étranglait et a jailli de ma gorge en un long hurlement. Je les ai rattrapés devant chez les Borrys, grimpant sur le marchepied de la cabine.

Le conducteur m'a expliqué qu'ils étaient trop pleins pour s'occuper de mon problème, qu'ils ne comptaient pas pouvoir résoudre avant lundi matin. J'ai tiré de l'argent de mon portefeuille, plus que je n'aurais dû me le permettre en cette fin de mois où l'enterrement de Viviane m'avait saigné à blanc. Malgré tout, je préférais me priver de nourriture durant une semaine plutôt que de garder ces rebuts sur mon trottoir une seconde de plus. J'avais l'impression que toutes ces choses voulaient s'accrocher à moi.

L'avertisseur de recul a répété sa note lugubre dans le silence du petit matin tandis que l'engin effectuait sa marche arrière à la vitesse d'un cortège funèbre. Ils prétendaient que la place leur manquait, mais j'ai vu mes cartons disparaître un par un au milieu des ordures, éventrés, malaxés, broyés comme un rien. Je leur ai dit que nous n'avions eu qu'un problème mineur à l'usine et que tout était rentré dans l'ordre. Puis, comme ils repartaient et que j'observais les mâchoires de la benne compacter nos détritus, j'ai remarqué qu'une des chaussures de Viviane restait coincée près de l'ouverture, prête à tomber sur la rue. J'ai appelé mais ils n'ont rien entendu. Après un instant d'hésitation et un bref coup d'œil alentour, je suis allé la ramasser en boitillant, le cœur déçu. J'étais en train de me demander ce que je fabriquais avec sa chaussure dans les mains quand mon regard s'est fixé sur une bouche d'égout, devant le pavillon des Vandelair. Quelque chose en moi s'est rebellé, voyant ce qui me traversait l'esprit. Dans le même temps, je jugeais des dimensions de l'ouverture, qui me paraissait étroite.

Je savais que Viviane aurait ri de moi. Malheureusement, elle n'était plus là pour me le confirmer. J'ai de nouveau jeté un regard autour de moi, prêt à renoncer au moindre signe de vie humaine. Je détendais mon bras à mesure, la chaussure de Viviane au bout des doigts. Je m'en suis donné quelques légers coups sur la cuisse, l'œil toujours aux aguets, puis soudain, je l'ai lâchée.

Je l'ai poussée du pied dans la fente qui s'est révélée aussi étroite que je le craignais. Je me suis entêté, peut-être énervé par-dessus le marché, tant et si bien que je n'ai réussi qu'à coincer cette encombrante relique en travers de la bouche. Dans cette situation, j'ai dû briser une branche du jeune érable que Thomas avait planté quelques années plus tôt lorsqu'il avait appris la mort de Roy Orbison.

J'ai été obligé de m'en débarrasser très vite quand Thomas est apparu à sa fenêtre, l'air maussade.

— Ah, c'est toi, Patrick... ! Mais qu'est-ce que tu fabriques... ? !

J'ai entendu la branche atterrir dans le jardin des Borrys.

— Et que crois-tu que je fabrique ? Regarde un peu cette journée... ! ai-je déclaré en écartant les bras vers le ciel.

Sur la rive opposée, un filet d'or pur clignotait entre les cimes des sapins et l'azur, par-dessus les pavillons, rincé par le vent qui avait rugi toute la nuit, avait une douceur idéale. Les fumées de l'usine, qu'on savait capables de s'abattre sur Hénochville comme un couvercle sur une marmite de fonte, prenaient ce matin-là un envol languissant puis s'effilochaient ainsi qu'un tendre coton pour bébé avant de s'évaporer dans l'espace. Thomas m'a averti qu'il descendait.

J'ai eu le temps de m'assurer que la chaussure

de Viviane avait disparu dans les égouts grâce à mon écouvillon de fortune. Comme je me relevais, j'ai senti que mon genou s'engourdissait. Il me donnait l'impression d'avoir doublé de volume. Thomas m'a proposé des anti-inflammatoires qu'on lui avait prescrits un mois plus tôt, après qu'on lui eut arraché deux dents de sagesse. Mais je n'aimais pas avaler de médicaments et malgré ses exhortations, je n'arrivais pas à me décider. Nous avons bu du café, avalé des toasts grillés garnis de confiture d'églantines que Jackie réussissait comme personne. La douleur provenant de mon genou tendait à s'apaiser jusqu'au moment où Thomas m'a rappelé que nous devions passer à l'usine, ce qui m'était totalement sorti de l'esprit.

Jackie est arrivée. Elle a balayé les médicaments d'une main, a tâté mon genou à travers la toile du pantalon et a décrété qu'une certaine pommade, accompagnée d'un massage approprié, devrait aller dans le bon sens. À condition, bien entendu, qu'un solide emplâtre d'argile verte y soit appliqué dans les heures qui viendraient. « Remarque bien, m'a confié Thomas tandis qu'elle était montée chercher la pommade, je l'ai vue se soigner un abcès avec une rondelle d'oignon cuit dans la bouche. Alors pourquoi pas... ? »

Lorsque j'ai baissé mon pantalon, nous avons pu comparer mes deux genoux et admettre que le droit était enflé et bien plus rose. Jackie s'est agenouillée devant ma chaise afin de procéder aux premiers soins. Nous avons ri tous les trois quand Thomas m'a défendu d'avoir une érection.

Ensuite, fort des effets du calendula et d'un solide bandage, j'ai transporté le reste des affaires de Viviane du garage à l'arrière du break de Jackie : une bonne demi-douzaine de sacs pleins qu'elle se chargeait de déposer au Secours populaire. Pendant ce temps-là, Thomas s'est préparé. Nous avons pris sa voiture, eu égard à l'état de ma jambe. Jackie m'a dit qu'elle préparait l'argile et me la placerait au soleil.

Le parking de la Camex-Largaud était presque désert durant le week-end. Les machines tournaient au ralenti et l'usine était aux mains d'une équipe de techniciens réduite au minimum, ce qui nous avait sans doute valu les ennuis de ces derniers jours — on soupçonnait un type du niveau 2, installé devant des écrans de contrôle, d'avoir failli à son poste pour une raison que l'enquête tâchait d'éclaircir. Marc nous a adressé un signe de la fenêtre de son bureau, du troisième et dernier étage d'un bâtiment de brique peint en blanc bleuté, sur la terrasse duquel pivotait avec une lenteur exaspérante l'emblème de la Camex-Largaud : une réplique de sens interdit, d'environ trois mètres de haut, avec les couleurs inversées.

Nous étions à peine entrés dans son bureau que Marc nous a tendu les analyses de sa femme.

— Cette fois, il n'y a plus aucun espoir... ! a-t-il gémi en s'effondrant sur son fauteuil à roulettes.

Il s'est aidé de ses jambes pour se déplacer vers la baie et fixer l'horizon tandis que nous restions penchés sur les feuillets du laboratoire, auxquels, pour ma part, je ne comprenais rien.

— À ce stade, a-t-il ajouté, la morphine n'est plus toute-puissante. Dieu du Ciel ! Je l'ai entendue pleurer dans son lit, pleurer comme vous ne pouvez pas imaginer...

Je savais que tout cela m'était destiné. Il y avait plus d'un mois que Gladys Largaud agonisait dans sa chambre, en proie à des souffrances qu'il n'exagérait pas mais qui n'avaient pas empiré en trois jours.

— Je suis peut-être un assassin..., a-t-il lâché d'une voix sombre. Mais j'ai certainement plus de cœur que vous deux réunis...

— Écoute, personne ne t'a traité d'assassin, a tranché Thomas.

— Si ! *Lui* me l'a dit... ! a grincé Marc en me montrant du doigt.

Cette conversation s'est poursuivie dans le couloir, puis dans les locaux techniques où nous avons enfilé des blouses blanches, nous sommes coiffés d'un casque de plastique, avons fixé à nos poches des badges d'identification, et jusque dans l'ascenseur qui nous descendait vers le deuxième niveau. Marc était persuadé que je lui en voulais personnellement pour les quelques tonnes de poison déversées dans la rivière. J'avais certes sur le coup réagi à un mouvement d'humeur. Comme tout le monde. Comme tous ceux qui étaient revenus travailler à la Camex-Largaud le lendemain matin. Comme tous les habitants d'Hénochville. Mais cette brève irritation ne prenait aucun élan, s'étouffait avant même d'avoir franchi la plupart des lèvres. Quant à moi, si je lui avais donné de

« l'assassin » entre deux portes, c'était pour des raisons plus vagues, que nous refusions d'aborder tous les deux et que l'amitié engloutissait. Pour ce qui était des poissons crevés, bien sûr que je le tenais pour un assassin. Au même titre que Thomas ou moi, ou n'importe lequel des employés de la Camex-Largaud, ou le plus petit commerçant de la ville. Ça n'allait pas plus loin. Nous pataugions dans cette situation depuis si longtemps que plus personne ne songeait à en discuter.

— Si je comprends bien, tu n'as pas fermé l'œil de la nuit... ?

J'ai acquiescé tandis qu'il examinait le contenu d'une éprouvette. Thomas prenait des notes avec une ardeur inhabituelle.

— Je croyais que tu étais trop fatigué..., a-t-il insisté.

Il était rasé de frais, sa chemise n'avait pas le moindre faux pli, il n'y avait pas un seul détail qui le trahissait en apparence. Mais je pouvais assurer qu'il tenait à peine sur ses jambes.

Un peu plus tard, nous l'avons ramené chez lui. Il n'a pas voulu admettre qu'il s'était assoupi dans la voiture mais nous avons réussi à le conduire jusqu'à sa chambre. Il est tombé sur son lit comme s'il avait été touché par la foudre. J'ai expliqué à Thomas que je ne pouvais plus le suivre, que je lui avais consacré mes trois soirées précédentes et qu'il ne me laissait plus le temps de respirer.

— Je n'aime pas dire ça, m'a-t-il répondu. Mais tant qu'elle ne sera pas morte...

Nous nous sommes arrêtés devant la porte de

28

Gladys. Nous n'avons pas eu le courage d'y péné-
trer, mais nous avons tendu l'oreille. Nous nous
sommes regardés sans prononcer un mot.

Nous en avons reparlé avec Jackie pendant
qu'elle appliquait l'argile sur mon genou.

— Oh, je sais très bien à quel point il peut être
possessif, je le sais aussi bien que vous... !

— Non, c'est davantage que ça, c'est presque
maladif depuis quelque temps.

— Écoute, Patrick, ce n'est pas à moi de te le
faire remarquer, mais souviens-toi de tes problèmes avec Marion. Nous t'avons tous aidé, mais
Marc en a fait dix fois plus que nous tous réunis,
tu le sais très bien. Et dernièrement, lorsque
Viviane était à l'hôpital...

J'ai ouvert la bouche, pour aussitôt me contenter
de secouer la tête.

— Attends, ce n'est pas la même chose..., est
intervenu Thomas. Reconnais que Marc est quand
même du genre à te souhaiter du mal pour pouvoir
venir te consoler, j'exagère à peine ! Non, moi je
comprends ce que veut dire Patrick. C'est comme
ça, c'est dans sa nature... Et en retour, Marc est
capable d'exiger jusqu'à la dernière goutte de ton
sang, ça j'en suis persuadé...

Jackie a baissé les yeux sur mon genou qu'elle
finissait d'enrober avec des gestes de potière méti-
culeuse.

— Enfin, toujours est-il qu'il passe un mauvais
moment, a-t-elle soupiré. Comme s'il avait besoin
de cette histoire à l'usine... Et le traiter d'assassin,
est-ce que tu crois que c'était l'instant choisi ?

— Qui t'a dit que je l'avais traité d'assassin ?

— Ah, parce que tu crois qu'il ne téléphone pas ici tous les jours... ? ! Et même au beau milieu de la nuit, si tu veux savoir.

J'ai reconnu que la vue de tous ces poissons crevés m'avait énervé. Cela dit, la fatigue accumulée au cours de ces trois nuits, que nous avions gâchées ensemble, y était aussi pour quelque chose. Et ce que Jackie oubliait — la réaction de Thomas, hier soir, à propos des lois dans ce pays, me semblait éloquente —, c'était que nous n'étions jamais sûrs qu'il s'agissait d'incidents, de fausse manœuvre ou de quoi que ce soit d'inévitable. Une part de la vérité restait toujours dans l'ombre, sans qu'on pût dire ce que cela cachait : une réelle fatalité, le répugnant cynisme de certains ou la simple imbécillité de l'un d'entre nous. Peut-être une subtile combinaison de ces trois facteurs réunis ? Quoi qu'il en soit, et parce que Marc avait toujours les femmes de son côté, j'ai promis à Jackie de surveiller mes paroles. Puis je lui ai demandé combien de temps je devais garder ce truc autour de mon genou.

— Le plus possible. Ça va durcir, il faut que tu évites de bouger.

Je n'avais pas l'intention de courir dans tous les sens. J'avais envie de me reposer et rien d'autre. Ils attendaient le retour de leurs enfants pour se mettre à table mais je leur ai déclaré que je tombais de sommeil. Comme je ne voulais pas sortir sans pantalon, Thomas m'a prêté un bas de jogging. Et comme je ne devais pas plier mon genou, il m'a aidé à rentrer chez moi. Je l'ai observé, derrière mon rideau, tandis qu'il retournait voir son érable. Je l'entendais invectiver certain « enfant de salaud » qui demeurait invisible.

J'ai allumé la radio dans la cuisine et me suis installé dans le salon, dans mon fauteuil, avec ma jambe posée sur l'un de ces sièges informes, garnis de billes de polystyrène, dont Marion avait envahi la maison sur le coup d'une inspiration passagère. J'ai pris un magazine qui traînait à mes côtés, mais je ne l'ai pas ouvert. Je l'ai posé sur ma poitrine en fermant les yeux.

Lorsque l'on a sonné à ma porte, j'ai failli me relever d'un bond. Je ne sais par quel miracle j'ai réussi à briser mon élan, tant mon sommeil était profond, si éloigné que j'étais de mon incapacité du moment. J'ai aussitôt remarqué qu'il pleuvait. J'ai refermé les yeux pour continuer ma course. Le soleil est revenu sur le stade, en ce jour où j'étais en train de pulvériser le record des cinq mille mètres de mon école, devant toutes les filles de troisième année, et ce, lors d'une rencontre où mon exploit devait nous faire gagner la coupe des Courses universitaires, le 3 juin 1971, pour l'anniversaire de mes vingt-deux ans.

Je revivais l'instant où l'on me couvrait de baisers, où je sentais des mains agripper mon maillot, des ongles agacer ma poitrine, et Marc qui tentait de m'arracher aux ardeurs de mes admiratrices, quand on a sonné de nouveau à ma porte, et même tapé du poing.

J'y suis allé, finalement, en prenant garde de ne

pas réduire en miettes la coque d'argile qui m'enveloppait le genou. J'ai dit : « Oui — Un instant — Voilà — J'arrive » pour me donner du temps. Je me suis souvenu que Viviane se mettait toujours à parler ainsi quand elle allait ouvrir, et que cette manie m'exaspérait.

C'était une jeune femme. Toute ruisselante de pluie, avec des yeux bleu-mauve et des taches de rousseur. Derrière elle, le ciel était d'une sombreur ahurissante, presque malsaine. Chez les Brastain, le pavillon d'en face, les lumières étaient allumées.

— Bonjour... ! J'espère que je ne vous dérange pas ?

— Non, pas du tout.

— Eileen MacKeogh, a-t-elle souri en me tendant la main. Je viens pour l'appartement.

J'avais déjà ma main dans la sienne. Je me suis trouvé embêté.

— Dans ce cas...

— Vous vous appelez Patrick Sheahan ? m'a-t-elle coupé.

Devant mon air étonné, elle a indiqué mon nom sur la porte.

— Vous êtes irlandais ?

— Non. Mon arrière-grand-père l'était.

Il continuait de lui tomber tant d'eau sur la tête que je ne savais pas quoi faire. J'ai commencé par retirer ma main de la sienne, puis je me suis légèrement effacé afin qu'elle puisse mettre un pied à l'intérieur.

— Écoutez, mademoiselle... (Ça n'avait aucune espèce d'importance, mais j'ai noté qu'elle ne me reprenait pas sur le « mademoiselle ».) Écoutez, je suis vraiment désolé...

Je n'avais pas terminé ma phrase que son sourire s'était envolé.

— Oh... Est-ce que j'arrive trop tard ?

— Eh bien, c'est surtout que vous n'êtes pas à la bonne adresse. Vous devez redescendre jusqu'au trente-quatre, vous voyez...

Je m'étais penché pour lui montrer l'autre bout de l'avenue, mais on ne distinguait rien au-delà d'une vingtaine de mètres. Un temps à ne pas laisser un chien dehors.

— Je crois que je vais devoir courir..., a-t-elle plaisanté.

— Ah ça, dites-moi, ça m'en a tout l'air..., ai-je répondu sur un ton amusé.

Elle a hésité. J'hésitais, moi aussi. Cela ne m'aurait pris que cinq minutes en voiture. D'un autre côté, cela ne me disait vraiment rien.

— Excusez-moi, monsieur Sheahan... Puis-je vous demander un service... ?

— Malheureusement, ma voiture est en panne... Sinon, ç'aurait été avec joie.

— Oh non, ne vous inquiétez pas... Mais pourrais-je vous confier mes valises... ?

Je n'avais pas remarqué qu'elle avait des valises. J'ai baissé les yeux pour découvrir deux bagages sur le seuil, luisants d'éclaboussures. Comme je ne réagissais pas, elle a précisé sa pensée :

— C'est que... vous comprenez, si je dois courir...

J'ai saisi l'occasion d'étouffer le remords qui pouvait taquiner ma conscience.

— Mais bien entendu... Ne vous gênez pas.

Nous avons placé ses valises dans l'entrée. J'ai déclaré que l'auréole qu'ils produisaient sur mon tapis ne méritait aucune sorte d'attention. Je lui ai souhaité bonne chance.

Je l'ai regardée s'élancer vers sa destinée avec une vigueur qui m'a étonné, compte tenu de sa silhouette un peu massive. Puis, comme elle disparaissait derrière les trombes d'eau, je suis allé allumer la télé avant de passer à la cuisine. J'ai éteint la radio et j'ai préparé du thé. Je me suis demandé ce qui pouvait pousser quelqu'un à venir habiter Hénochville. Pour une Irlandaise un peu ronde, d'environ une trentaine d'années, seule et malchanceuse, je ne voyais que nos sources d'eau chaude, des ennuis avec Scotland Yard ou une adaptation d'*Ulysse* entièrement enluminée à la main.

J'ai passé un coup de fil à Jackie pour savoir si je devais rester comme ça encore longtemps. Sur son conseil, et l'opération nécessitant un lieu plus adéquat, je me suis rendu à la salle de bains. Il convenait en effet de recourir à l'eau chaude ou d'arracher le tout d'un coup sec sans se préoccuper des trois malheureux poils qui pouvaient être prisonniers. Cette dernière solution était la plus rapide mais j'avais toute la soirée devant moi. Comme je traversais le hall d'entrée, je me suis arrêté devant les bagages de cette Eileen Mac-Keogh. Il s'agissait d'une valise d'assez bonne qualité et d'un vanity-case décoré de caoutchouc noir qui pesait un bon poids. J'ai pensé qu'un individu sans vergogne n'aurait pas attendu pour fouiller dans ses affaires. La valise était fermée par une serrure à combinaison. Je n'ai rien touché à l'intérieur du vanity. J'ai juste constaté qu'il était rangé avec soin et qu'elle utilisait des produits que l'on ne trouvait pas dans les grandes surfaces. Ce qui m'a surtout frappé, au point que j'ai fixé la chose durant plusieurs secondes avec une certaine admiration, c'est qu'elle roulait le fond de son tube de dentifrice à mesure de son utilisation, si bien qu'à demi entamé il continuait de ressembler à quelque chose. Marion le pressait à pleine main, l'écrabouillait sans raison et finissait par l'éventrer quelque part à force de pliures, d'étranglements répétés. Nous en consommions une demi-douzaine de tubes par mois. Et ce n'était pas ce que ça coûtait.

J'étais en train de manœuvrer les robinets de ma baignoire lorsque mon Irlandaise s'est manifestée de nouveau. Je n'ai pas pu éviter de lui proposer d'entrer une seconde. Non pas qu'elle risquât de se mouiller davantage, mais elle avait un air si dépité que la plus sombre brute aurait molli.

— Mauvaises nouvelles... ? ai-je deviné.

— Non... Enfin, il n'y a personne.

— Alors tout n'est pas perdu.

Maintenant que j'avais découvert comment elle se servait d'un tube de pâte dentifrice, je me sentais assez bien disposé envers elle. D'ailleurs, à cette pensée, j'ai cédé à un instant d'euphorie et lui ai offert la serviette que j'avais placée sur mon épaule.

Elle a refusé, sous le prétexte qu'elle avait déjà trop abusé. Puis, me remerciant pour ma gentillesse, elle s'est tournée vers ses bagages.

— Écoutez..., lui ai-je dit. Essayons de trouver une solution intelligente. Qui sait... ? Nous allons peut-être devenir voisins...

J'ai pu constater que je venais de trouver le mot qu'il fallait.

— Mais une voisine un peu envahissante..., a-t-elle précisé.

Cette situation la contrariait, de toute évidence. Pour la sortir de ce mauvais pas, j'ai invoqué des circonstances particulières : le déluge qui s'abattait au-dehors, et aussi le fait qu'elle n'avait pas sonné chez moi par hasard, mais à la suite de cette erreur du journal. Je lui ai cligné de l'œil pour achever de la détendre. Je lui ai promis que nous allions nous accommoder de cette mauvaise fortune comme deux êtres civilisés. « À la bonne heure... ! » ai-je déclaré, tandis qu'elle acceptait enfin ma serviette. Sur quoi, je lui ai demandé si elle désirait une tasse de thé.

— Eh bien... non... enfin, je ne voudrais pas...

Il a fallu que je lui jure que ça ne me dérangeait pas, qu'il était déjà prêt et qu'elle pourrait rincer les tasses pour être quitte. Je n'ai pas attendu sa réponse. Je me suis dirigé vers la cuisine en lui conseillant d'accrocher son imperméable dans l'entrée, à moins qu'elle ne préférât le garder sur les épaules. Je commençais à la trouver légèrement pénible. Je voulais bien être gentil mais je n'avais pas l'intention de tenter quoi que ce soit d'autre pour la retenir.

À demi séchée, et sous une lumière plus vive, sa chevelure tendait vers un roux magnifique. Si je n'avais pas craint que nous fussions obligés d'en discuter pendant des heures, je lui aurais proposé mon séchoir électrique. Malgré tout, je n'ai pas hésité à lui dire qu'ils étaient très beaux. Elle a ignoré mon compliment, sans doute trop occupée par l'effort qu'elle devait fournir pour s'asseoir à ma table.

Pendant que je servais le thé, je lui ai décrit le calme et le bon air de ce quartier qui, si l'on touchait du bois, serait bientôt le sien. Nous avons poursuivi sur ce registre, évoquant des sujets dénués d'un quelconque intérêt si ce n'était qu'ils me donnaient l'occasion de l'observer à loisir. Elle avait un visage plein de charme, couvert de taches de rousseur. Sa voix était agréable, sa peau très blanche, et bien que la correction m'empêchât de me pencher sur elle, j'avais l'impression qu'elle avait une odeur particulière, peut-être attirante, sans doute exagérée par le fait qu'elle était trempée. Sinon elle était assez forte, enfin pour le moins bien en chair. Ses bracelets étaient sans doute destinés à dissimuler les fossettes qu'elle avait aux poignets.

Elle m'a appris qu'elle venait de décrocher un poste de professeur d'anglais à l'École supérieure hôtelière d'Hénochville, en remplacement d'une collègue victime d'intoxication alimentaire — je croyais qu'elle plaisantait, mais c'était sérieux et sans rapport avec l'honorable institution qui s'était tout de même empressée de camoufler l'affaire. Puis elle a terminé son thé et comme le silence tombait entre nous, elle a décidé de tenter une nouvelle sortie car elle devait à tout prix obtenir cet appartement.

Je lui ai prêté un parapluie, cette fois. Après avoir refermé la porte derrière elle, je suis resté debout dans le vestibule. J'habitais cette maison depuis de longues années mais je ne l'avais jamais aimée. J'ai regardé les marques sombres sur le tapis, à l'endroit où Eileen MacKeogh s'était plantée, trempée comme une soupe. Le seul endroit qui éveillait un peu mon intérêt dans cette baraque, j'en avais tout à fait conscience. D'un autre côté, je n'étais pas très emballé. Et puis cette fille n'avait pas eu sur moi d'effet très encourageant.

Malgré tout, je me suis surpris à guetter son retour. À quoi aurais-je pu m'intéresser, dans cette atmosphère glauque, en cette fin d'après-midi d'automne où rien ne se passait, où une simple éclaircie aurait tout changé. J'avais suffisamment dormi pour me traîner d'une pièce à l'autre, mon esprit était juste assez clair pour se préoccuper d'une inconnue en quête d'un appartement. J'en étais à regretter la conversation banale que nous avions eue et dont je découvrais à présent les vertus lénifiantes. C'était bien mieux que le bruit de fond que j'entretenais avec la télé ou la radio, d'autant qu'elle possédait de grands yeux bleus, ce qui n'était pas désagréable. Je me suis rendu compte à quel point je détestais cette maison et combien la disparition de Viviane me la rendait insupportable. J'ai compris que je venais de soulever là un problème que j'avais repoussé et qui n'allait pas se régler tout seul.

— Il n'était pas à louer tout à l'heure. Maintenant il l'est.

Au lieu de se décider, elle me lançait des coups d'œil, tantôt étonnés, tantôt méfiants.

— C'est comme votre voiture, a-t-elle glissé. Elle s'est mise à marcher tout à coup...

— Écoutez, je vous laisse réfléchir...

Je suis descendu en achevant de réduire mon emplâtre en poussière. Je me fichais bien de ce qu'elle pensait des étrangetés de la mécanique. J'étais allé la chercher parce que j'avais besoin d'une réponse rapide. Que j'avais espérée instantanée. Je me suis mis dans mon fauteuil, l'ongle du pouce entre les dents. Je voulais éviter d'étudier la question dans les détails. Si c'était une bêtise, j'allais avoir tout le temps d'y penser. Mais j'étais prêt à payer ce coup de folie de bien des soucis ultérieurs plutôt que d'avoir à affronter cette fin d'après-midi mortelle. Au moins, cette fille savait se conduire avec un tube de pâte dentifrice. Et si ça ne marchait pas, je pourrais toujours la virer.

— Est-ce que l'on peut se baigner dans la rivière ?

— Non, il vaut mieux éviter. Je vous montrerai certains coins en amont. Mais il faudra vous contenter de quelques degrés...

— Oh, j'ai l'habitude...

Jackie a téléphoné pendant que nous rédigions

une sorte de contrat de location que ni la jeune femme ni moi ne savions très bien comment tourner. Jackie tenait à s'enquérir d'une éventuelle amélioration. Je lui ai dit que je me sentais beaucoup mieux. Il fallait tout de même que je passe quand j'aurais un moment, a-t-elle rétorqué. Elle hésitait entre une nouvelle application d'argile ou une embrocation d'huile essentielle. Je lui ai déclaré qu'on improviserait en temps voulu, puis j'ai raccroché et nous avons signé ce contrat, Eileen MacKeogh et moi, sans bien comprendre ce qui nous arrivait.

— Je peux vous prêter quelques coussins et des draps, si vous le désirez... Enfin, je ne sais pas, mais vous êtes maintenant chez vous...

— Eh bien... j'aimerais autant éviter une nuit supplémentaire à l'hôtel... si ce n'est pas trop compliqué pour vous...

— Non, ce n'est pas compliqué du tout.

J'ai annoncé à Thomas et Jackie que je venais de louer l'appartement du premier. Je leur ai raconté toute l'histoire en vitesse.

— Invitons-la à manger, a décidé Jackie.

— Je vais lui téléphoner, a déclaré Thomas.

— Non, attendez une minute... ! Est-ce que je peux donner mon avis ? Très bien. Alors laissons-la où elle est et repose ce téléphone.

— Mais enfin, Patrick, la pauvre... ! a insisté Jackie.

J'ai agité la main, secoué la tête, fermé les yeux, pour l'empêcher d'aller plus loin :

— Non, je regrette, pas question... ! Elle est

juste ma locataire. Et ça n'ira pas plus loin. Ne venez pas tout embrouiller... Vous comprenez, je veux faire en sorte de la rencontrer le moins possible, alors ne mélangeons pas tout. Soyez polis avec elle, mais gardez vos distances. Ne commençons pas à nous embarquer dans une affaire qui pourrait bien dégénérer. Point final.

— Mon Dieu, Patrick... ! Tu deviens tellement paranoïaque...

— Écoute, Jackie... Le jour où je voudrai la mettre à la porte, je n'ai pas envie que ça tourne au mélodrame. Si ça ne va plus entre elle et moi... explique-moi ce qui va se passer si ça va bien entre elle et vous, dis-moi un peu... !

— Je n'ai jamais pris la défense de Marion, ne sois pas ridicule.

— Mais tu as refusé de me parler pendant une semaine !

— Marion était malade. Ça n'a rien à voir.

— Tu veux dire que c'est *moi* qu'elle a rendu malade... !

— Je refuse d'en reparler. Nous nous étions mis d'accord.

Juste à ce moment, Thierry et Caroline, leurs enfants, sont descendus de leurs chambres. Thomas a couru jusqu'à la porte et leur a crié de surveiller l'huile et de ne pas la pousser en montant vers le col. Jackie a profité de cette diversion pour demander à voir mon genou.

— D'après Paul Borrys, il est tombé quelques flocons, là-haut, a soupiré Thomas.

41

— Eh bien, qu'en penses-tu... ? a murmuré Jackie.

Je les avais contrariés. J'ai tâché de me montrer plus agréable :

— Magnifique ! me suis-je exclamé en admirant mon genou. Jackie, tu es formidable... Comment ça, des flocons ? Thomas, qu'est-ce que tu nous racontes... ? !

— Je te répète ce qu'on m'a dit. Il m'a appelé, en rentrant, pour savoir si j'avais de la place au congélateur.

— Et si nous montions aux sources, le week-end prochain, qu'est-ce que vous en dites... ?

Ils étaient d'accord. Une lueur de satisfaction a traversé le regard de Jackie, ainsi que je l'espérais. Nous avons reparlé d'Eileen MacKeogh pendant qu'elle tâtait mon articulation et que Thomas nous servait un verre. J'ai cherché à les amuser en imitant mon Irlandaise en train de se demander si elle pouvait accepter une tasse de thé, ou ma serviette, ou deux ou trois coussins sans me déranger, sans me poser un problème, sans m'imposer quelque chose de trop compliqué. Je forçais le trait, bien entendu, encore qu'à y réfléchir, on ne pût m'accuser d'inventer quoi que ce soit. Thomas en a déduit que j'avais trouvé le locataire idéal, de ceux qui ont la vocation de se transformer en ombre. « À moins que ça ne cache, je ne sais pas moi... », a-t-il commencé avant que je ne l'invite à ne pas me porter malheur.

— Ne t'inquiète pas, m'a rassuré Jackie. Je suis certaine que tout ira bien. Et encore une fois, je ne me mêle pas de tes affaires, mais je persiste à dire que tu avais tort de t'entêter. Bbrrrr..., dans cette maison à moitié vide... ! Alors laisse-moi te féliciter. Peu importe que tu loues à Pierre ou à Paul... Tu as pris la bonne décision, tu peux me croire. J'en suis heureuse pour toi.

Nous avons levé nos verres pour saluer ma lumineuse audace.

Le dimanche matin, je me suis réveillé dans un silence absolu. À tout hasard, j'ai doublé la mesure de café dans l'appareil. Puis j'ai inspecté mon réfrigérateur pour voir si elle avait suivi mes conseils. Comme je m'y attendais, elle n'avait rien touché et s'était couchée le ventre vide. Je me suis arrêté au milieu de l'escalier pour tendre l'oreille. Je ne voulais pas la déranger, juste détecter un bruit qui m'aurait amusé.

Vaguement déçu, je suis retourné à mon petit déjeuner et j'ai découvert un mot épinglé sur ma porte.

Bonjour,
Grâce à vous, je commence cette journée le cœur léger. On m'a dit que le centre commercial était ouvert le matin. Si je ne devais pas vous voir à mon retour, pourriez-vous me laisser les clés de l'escalier qui donne sur la cour ? Je cesserai ainsi de vous ennuyer. La pluie s'est arrêtée. Je suis très contente.

Il était près de midi. J'ai allumé la télé et suis allé me raser. J'avais encore l'air fatigué. Je ne plaisantais pas lorsque je disais que je ne pouvais plus suivre Marc. Désormais, dès que je buvais trop, mon visage restait marqué durant deux ou trois jours et j'avais du mal à retrouver la forme. À quarante-cinq ans, je ne savais pas si j'étais dans la force de l'âge ou tout bêtement en train de me casser la gueule. M'examiner dans la glace, juger de l'élasticité de ma peau ou me passer un doigt sous les yeux, me laissait souvent perplexe. Dans un sursaut, je m'arc-boutais parfois sur le rebord du lavabo et m'administrais quelques tractions rageuses jusqu'à ce que mon corps comprenne que je n'étais pas encore vaincu. Mais quel combat dérisoire ! Et quel ennui, le lendemain, lorsque les muscles douloureux, j'abandonnais toute espèce de volonté et me livrais à la débâcle, le front baissé. Avant de sortir, je me décochais un geste obscène dans le miroir. Je me donnais encore cinq ans de désespoir. J'espérais qu'ensuite, les choses allaient s'arranger.

Je croyais que c'était elle. C'était Marc. Que je loue l'appartement que Viviane avait habité ne lui a pas inspiré de commentaire particulier. Il venait me chercher pour m'emmener déjeuner au Rocher de l'Homme Noir et rien d'autre ne l'intéressait. Il a juste montré certain signe d'impatience quand je me suis mis à rédiger un mot pour Eileen Mac-Keogh.

Vous ne m'ennuyez pas. Installez-vous. N'hésitez pas à vous servir *de quoi que ce soit dans la maison. Il y a quelques outils au garage et dans un tiroir de la cuisine, à droite du micro-ondes. Quant à cette clé, j'ai bien peur de ne pas l'avoir. Je ne me suis jamais servi de cette porte maintenant que j'y pense. Est-ce que c'est embêtant ?*

Il y avait un beau ciel gris, envahi de nuages sombres, aussi hauts que des montagnes. Marc m'a conseillé d'enfiler mon blouson de cuir car il avait l'intention de rouler sans capote. Il portait lui-même un trois-quarts en alpaga qu'il a boutonné jusqu'au cou. D'après lui, nous avions besoin de respirer.

Lorsque nous avons grimpé à travers la forêt, l'air est devenu très humide. Du brouillard flottait sur la cime des arbres, en contrebas, et l'eau des fossés scintillait de mon côté, ruisselant du sommet. Marc ne conduisait pas vite. Nous avons bu quelques gorgées d'un *single malt* qui avait tiédi contre sa poitrine, dans une flasque d'argent que je tenais de mon père.

— Est-ce qu'elle est mignonne, au moins ?

— Un peu grosse... Mais elle a des cheveux superbes.

— Ah Seigneur... ! Donnez-moi une grosse femme, laide, stupide et infernale, mais donnez-la-moi en bonne santé... !

J'ai pensé que ça commençait mal, bien qu'il ait prononcé tout cela d'un ton calme et ne m'ait pas arraché le flacon des mains. Je me suis tenu prêt à bondir sur le volant tandis qu'il fermait à demi les yeux et respirait longuement, à pleins poumons, la nuque enfoncée dans l'appuie-tête.

Au bout d'un moment, il m'a dit, sans prendre la peine de se tourner vers moi :

— Patrick, ne me laisse plus jamais tomber...

Je l'ai regardé et j'ai ri. Puis j'ai fermé les yeux à mon tour. Quand je les ai rouverts, de grands sapins se croisaient dans le ciel, juste au-dessus de ma tête.

Le Rocher de l'Homme Noir était surtout fréquenté par des touristes fortunés qui montaient aux sources ou des dentistes qui arrivaient par avion et louaient des véhicules tout terrain pour partir à la chasse. Nous choisissions souvent cet endroit, non pour la qualité des repas, qui étaient du genre prétentieux, mais pour la quasi-certitude que nous avions de ne rencontrer personne de notre connaissance. Quant à la cave, elle était irréprochable.

Nous sommes restés silencieux pendant le début du repas, plus occupés par le paysage que par le contenu de nos assiettes ou la transformation d'un cabinet dentaire en hommes des bois bien décidés à faire trembler la forêt — peut-être en se mettant un coup de fusil dans le pied. Un œil sur le chaos du ciel, figé dans un océan de mousse épaisse qui semblait manquer de place, j'imaginais Eileen MacKeogh en train de fixer une étagère ou Dieu sait quoi dans son nouveau logement. Je me la représentais plutôt de dos car son visage n'était plus assez net dans mon esprit. Par exemple, j'étais incapable de me souvenir de son nez. Cela m'amusait et m'agaçait à la fois. J'avais presque envie de filer pour aller l'examiner sur place. Quoi qu'il en soit, penser à cette femme, et sans raison précise, était l'exercice le plus reposant auquel je me livrais depuis bien des jours. Je n'osais même pas songer au silence de Marc, tant il était une bénédiction.

Il a retrouvé sa langue alors que nous terminions notre seconde bouteille de château-margaux 82.

— Je ne plaisantais pas..., a-t-il lâché en reposant les yeux sur la carte des desserts.

— Je ne t'ai pas laissé tomber. Je me suis arrêté en chemin parce que j'étais à bout de force.

— Regarde-moi... Est-ce que tu crois que j'ai empoisonné *sciemment* la rivière, pauvre imbécile... ?

J'ai posé mes coudes sur la table pour appuyer mon menton sur mes poings. Je lui ai demandé s'il se laisserait tenter par une crème caramel.

— Alors, que se passe-t-il... ? a-t-il insisté.

J'ai senti qu'il était réellement inquiet, qu'il craignait que quelque chose n'ait changé entre nous. Je suis donc resté tout l'après-midi avec lui. Nous sommes allés voir quelques fermiers que Marc connaissait bien et que j'avais visités deux jours plus tôt avec mes victuailles. C'était, bien entendu, l'occasion de s'asseoir autour d'un verre, mais Marc accusait le coup chaque fois que nous nous tenions sur la berge et que l'autre s'approchait du bord pour nous montrer des poissons crevés. « C'est ça, fermons l'usine... ! Et toute la ville disparaîtra ! grognait-il tandis que nous filions sur de petites routes désertes, à travers la campagne brumeuse et renfrognée. Si tu as une solution, donne-la-moi... ! » Plus tard, je nous ai tirés d'un mauvais pas dans un bar sombre où il menaçait de tout casser si l'on refusait de nous servir à boire. J'ai réussi à le traîner sur le parking et je l'ai gardé serré dans mes bras jusqu'à ce qu'il se calme. Il était environ sept heures du soir. La situation s'était dégradée plus vite que je ne l'avais prévu et j'entrevoyais pour moi une soirée plus calme que ce qu'il n'aurait pas manqué de nous administrer. Je l'ai laissé terminer son œuvre, assis par terre, sur le tapis de son salon, une bouteille à la main, sans même un verre de l'autre. Je lui ai mis de la musique parce qu'il a déclaré méchamment que nous n'étions pas dans un hôpital. Je ne pouvais plus avoir de conversation avec lui, dans l'état où il se trouvait. Il avait sans doute déjà rencontré ce genre de situation avec moi, mais je ne savais pas quelle avait été son attitude à mon égard. Comme je n'avais pas eu vent qu'il m'eût giflé ou enfermé sous la douche, je suis resté assis dans un fauteuil, face à lui, et je ne l'ai plus écouté. Le problème que j'avais était d'ignorer à quel moment l'on dépassait les bornes lorsque l'on traversait certaine période douloureuse de l'existence. Est-ce que je ne savais pas comme il pouvait être bon, quelquefois, de se saouler à mort ?

Contrairement à moi qui, dans cet état, cherchais à tomber comme une pierre, Marc avait tendance à résister. Je le regardais dodeliner de la tête, puis s'ébrouer pour échapper au grand plongeon. Malgré tout, il était assommé et s'il levait encore les yeux pour s'assurer que j'étais toujours là, il parvenait à peine à soulever la bouteille, du moins pas assez pour la porter à ses lèvres. Quoi qu'il pût penser, je ne le tenais pas pour responsable de ce que nous avions fait de nos vies. Et la triste, profonde, maladive amitié qui nous unissait n'avait pas changé. Elle remontait de si loin que même les personnes qui nous étaient les plus proches n'en connaissaient pas l'étendue. S'ils la soupçonnaient, ils étaient encore loin du compte. Il était clair, cependant, que nous n'étions pas au mieux de nos relations depuis quelque temps. Mais nous avions essuyé de tels orages qu'un nuage n'était pas pour me tracasser. Que Marc eût l'air de le prendre plus au sérieux que cela ne le méritait, je ne voyais pas grand-chose à y faire. Vers la fin, quand Marion me rendait vraiment fou, c'était moi qui le poursuivais, qui mettais son amitié en doute. On est tous un peu dérangés, par moments.

L'aggravation de la maladie de Gladys, au cours de ces deux derniers mois, lui était insupportable. Personne n'aurait voulu être à sa place, et encore moins à celle de Gladys, mais personne n'y pouvait rien. Et contrairement à ce qu'insinuait Jackie et qu'il me reprochait lui-même, je ne l'avais pas laissé tomber. Je voulais juste éviter de me saouler tous les soirs.

Bref, comme il tardait à s'effondrer, je suis allé embrasser Gladys. L'infirmière est sortie pendant que je m'approchais du lit. Je me suis assis près d'elle. Je lui ai pris la main et nous nous sommes regardés en souriant. Puis j'ai dit : « Sois tranquille… J'irai le coucher avant de m'en aller », et je lui ai embrassé la main.

— Tout de même... Essaie de le freiner un peu.

— Oui. Ce n'est pas toujours facile.

— Je ne peux pas m'empêcher de me faire du souci pour lui.

— Je sais. Ce n'est pas maintenant que tu vas changer, n'est-ce pas... ?

— Mais ça ne me rassure pas non plus de vous savoir ensemble...

Nous nous sommes souri de nouveau. Je suis encore resté un instant près d'elle, puis j'ai porté Marc dans son lit et j'ai appelé un taxi pour rentrer chez moi.

Monsieur Sheahan,
Nous finirons bien par nous croiser, j'imagine... Figurez-vous que j'ai réussi à trouver un serrurier. Dorénavant, j'utiliserai donc l'escalier de la cour, ce qui nous mettra plus à l'aise, vous et moi. Je vous signale que la prise de courant dans ma chambre, côté fenêtre, ne fonctionne pas. Mais nous verrons ces détails un peu plus tard. J'ai pris le thé avec vos voisins, M. et Mme Vanledair. Ils sont charmants. Si cela ne vous dérange pas, j'aimerais garder vos coussins quelques jours. Mon lit sera livré mercredi. Si vous en avez besoin, je trouverai une solution. Vous ne m'avez pas vue, mais nous nous sommes croisés en ville, vous étiez en voiture. Je revenais d'une promenade sur les bords de la Sainte-Bob. Quelle magnifique rivière ! Je n'arrive pas à croire qu'elle soit polluée. J'espère que c'était une blague.

J'ai froissé le billet en marchant vers la télé que j'ai allumée dans un élan désappointé. J'étais sidéré, par-dessus le marché, qu'elle ait pu trouver un serrurier un dimanche. D'autant que j'avais songé à ce problème dans le taxi et que j'y avais vu l'occasion de me changer les idées, d'attaquer l'une de ces conversations légères dont elle m'avait offert un échantillon, nous aurions échangé des paroles simples et banales, bêtement et tranquillement penchés sur une serrure quelconque avec un outil à la main, nous aurions eu des paroles fades et douces comme de l'eau et j'aurais oublié le poids de cette journée, je n'aurais plus pensé à ces choses qui pesaient des tonnes, j'aurais dit des mots comme : « Il me faut un tournevis cruciforme » ou : « J'ai besoin d'un morceau de fil de fer », mais je ne devais pas le mériter.

Il n'était pas tard. Cependant, la nuit était tombée et la lune se levait derrière les arbres dressés sur la rive opposée de la Sainte-Bob qui amorçait un grand coude à l'orée de son entrée dans la ville et frissonnait contre des blocs éboulés de la montagne avant de s'engouffrer sous les lueurs rose orangé de la Camex-Largaud. Je suis allé prendre un bain, en désespoir de cause. Au bout d'un moment, j'ai retiré le gant de mon genou pour me l'appliquer sur la tête. Imposer le vide dans son esprit, puis ramener toutes les tensions du corps au niveau du plexus solaire avant de les éjecter au-dehors comme un cosmonaute expulserait les ordures de sa capsule dans le néant interstellaire. Le bain a refroidi. Je me suis rhabillé car je ne pouvais plus rester en robe de chambre dans cette maison, je n'y trouvais plus aucun plaisir depuis longtemps. Après réflexion, je suis retourné en ville pour boire un verre. J'ai attendu une heure, puis je suis rentré.

Mademoiselle MacKeogh,
Nous aurions dû profiter de ce dimanche pour exa-miner ensemble tous ces détails. Si vous apercevez de la lumière, n'hésitez pas à descendre. Autrement, nous nous verrons demain dans la soirée, je m'y engage. Vous découvrirez, une fois installée, comme cette maison est agréable. Et je vous le redis : ne vous faites aucun souci pour le bruit, l'étage est parfaitement isolé et je n'y suis guère sensible. J'ai regretté, d'autre part, que vous vous soyez lancée dans des frais inutiles. Je me fais fort, je vous assure, de remettre une prise électrique en état, comme j'aurais pu m'occuper de cette porte. Je connais cette maison mieux que n'importe qui. Chaque fois que je pourrai vous être utile, ce sera avec plaisir. C'est le moins que puisse offrir un Sheahan à une MacKeogh. Alors ne soyez pas bête. Vous m'offenseriez. Je n'oublie pas que vous vous trouvez dans une ville inconnue. Nous pouvons parler de la pluie et du beau temps lors-que nous avons un moment de libre. Cela s'appelle des rapports de bon voisinage et ne devrait pas nous coûter très cher. Vous n'êtes pas de mon avis ?

Je me suis demandé si j'y allais trop fort. D'un autre côté, si je considérais à qui j'avais affaire, mon billet pouvait tout aussi bien manquer de vigueur.

J'en ai conclu que je ne savais pas non plus ce que je voulais, ce qui était la pure vérité.

Je suis monté pour aller glisser ce mot sous sa porte. J'étais sur le point de me baisser quand j'ai senti que ma main droite me démangeait. J'ai hésité, puis je l'ai posée sur la poignée. En tant que propriétaire, je cédais à une curiosité légitime que personne n'aurait pu me reprocher. La tête haute, j'ai donc pénétré dans le noir de son appartement, sans imaginer une seconde qu'un tel revers puisse me guetter.

Un flot de lumière m'a jailli en pleine figure.

— OH !! MONSIEUR SHEAHAN !!!

L'échine électrisée, j'ai reculé d'un bond et ai dévalé la moitié des marches.

— Ah nom de nom !! Mademoiselle Mac-Keogh... ! Est-ce que tout va bien... ?

J'en avais le souffle coupé. J'étais extrêmement mal à l'aise. J'en avais encore des étoiles qui dansaient sous mes yeux.

— Je suis DÉSOLÉ, mademoiselle Mac-Keogh... ! Je suis IMPARDONNABLE... !!!

Dès qu'elle est apparue sur le seuil, finissant de nouer la ceinture d'un peignoir bleu outremer sur lequel sa chevelure flamboyait, j'ai de nouveau descendu quelques marches.

— Je vous en prie... J'avais l'esprit ailleurs... Excusez-moi...

Comme elle ne semblait pas trop fâchée, j'ai agité le papier que je tenais à la main.

— Je voulais simplement vous donner ça... Je

vous expliquerai, je suis habitué à ouvrir cette porte sans frapper...

— Très bien, monsieur Sheahan. Ce n'est pas grave... Eh bien, donnez-moi donc ce papier...

Je suis remonté pour lui tendre la feuille en question, conscient de ma position inférieure.

De retour dans ma cuisine, j'ai profité d'avoir ce qu'il me fallait sous la main pour écrire à Marion et m'excuser (cette soirée prenait un pli épuisant) de lui envoyer son chèque aussi tard. Je la priais d'ailleurs de ne pas l'encaisser trop vite, devant moi-même en déposer un au début de la semaine. Je n'ai pas jugé utile de lui rappeler que mes difficultés financières étaient liées à l'enterrement de sa mère, car aucune explication n'aurait pu l'intéresser. Je lui ai donné de mauvaises nouvelles de Gladys, de sombres sur le temps qui augurait un rude hiver et je lui ai dit que j'avais loué l'appartement qu'avait occupé Viviane et qu'il était trop tôt pour savoir si c'était une bonne ou une mauvaise idée.

— Vous aimez le chocolat ?

J'ai répondu : « Oui, bien sûr... » J'ai pris le temps de refermer mon bloc et de revisser le capuchon de mon stylo avant d'aller choisir une friandise. Puis je l'ai fixée une seconde pour lui confirmer mon embarras de tout à l'heure. Elle ne souhaitait plus en entendre parler et m'a conseillé, si j'étais très chocolat, une petite boulette qui ne payait guère de mine mais que je n'allais pas regretter.

Je me suis aussitôt mis en quatre afin de lui être agréable. Je tenais à rattraper, autant que faire se pouvait, ma sordide intrusion dans sa chambre. Il n'était pas question qu'elle se défilât, cette fois. Je l'ai assise dans mon fauteuil et j'ai énuméré, de la cuisine, ma liste des infusions pour le soir.

Je n'amenais pas souvent de femmes chez moi, et surtout pas dans mon salon. Cet endroit m'a gâché une bonne partie du plaisir que j'avais d'échanger quelques mots avec ma locataire. Il était triste, inconfortable, démodé, il me faisait honte. J'avais laissé Marion emporter tout ce qu'elle voulait, sans ouvrir une seule fois la bouche. Je l'aurais aidé à arracher le parquet et les moulures du plafond si elle l'avait désiré. Sur quoi que mon regard se posât, je découvrais une chose sans valeur, sans intérêt, sans la moindre étincelle de chaleur, sans le moindre côté amusant. J'étais assis sur mon tas de polystyrène comme un malheureux sur un sac de pommes de terre et ce maudit sac hurlait à la mort dès que je croisais une jambe. Il me semblait que la profonde laideur de ce lieu se révélait à moi pour la première fois et au pire moment de sa carrière. À cause de lui, je me sentais vieux tout à coup, pâle et défraîchi, et je ne savais comment échapper à cet engloutissement, comment ne pas dévoiler mon vrai visage devant Eileen MacKeogh.

Le lendemain, après ma journée de travail, je suis allé acheter une plante.

CHAPITRE DEUX

*(Où Patrick Sheahan rentre du bois
pour le feu)*

C'était une plante avec de jolies fleurs rouges et qui n'exigeait qu'un demi-verre d'eau de temps en temps. Je n'avais pas les moyens d'entreprendre plus de transformations pour l'instant mais au moins avais-je mis le doigt sur le problème. Je me suis débarrassé d'une affreuse table basse que j'ai expédiée au garage, tout étonné d'avoir pu supporter cette chose sous mes yeux aussi longtemps. J'ai mis la plante à sa place. Puis je me suis installé dans mon fauteuil pour voir ce que cela donnait. Je me suis demandé comment j'avais pu en arriver là.

J'en ai parlé à Marc, dans la soirée, car cette pensée me poursuivait. Nous nous trouvions au troisième étage de chez Melloson, au rayon des lingeries féminines.

— Écoute, m'a-t-il dit, c'est que tu n'es pas du genre à te soucier de ton ameublement.

— Non, ce n'est pas ça...

— Eh bien, c'est que tu n'en as pas les moyens.

— Non, c'est pas ça...

— Alors quoi ? Qu'est-ce qu'il t'arrive... ?

— Je ne sais pas. Je ne m'étais encore jamais vu sous cet angle.

Il a regardé sa montre.

— Bon. Nous sommes censés profiter de la nocturne. Dans dix minutes, le magasin sera fermé...

Nous nous sommes réparti la tâche. Gladys nous avait préparé une liste assez longue et j'étais conscient que nous ne pouvions pas nous laisser dissiper par ma subite révélation. Avant de quitter les lieux, Marc a proposé de m'offrir un tapis, mais j'ai refusé, sous le prétexte que la question n'était pas là.

J'ai insisté pour que nous passions chez moi.

— Marc, je veux que tu sois franc... !

Avec un soupir, il s'est dirigé vers un petit meuble aux angles chromés, monté sur roulettes, qui me servait à ranger mes bouteilles. J'en étais gêné, à présent.

— Enfin, reconnais que tu n'y es pas souvent...

— J'y suis suffisamment.

— Très bien. Alors comment s'y prend-on... ? Tu veux une note sur vingt ?

— Oui, par exemple.

— Cinq. Six au maximum.

J'ai pris le verre qu'il me tendait. Nous ne nous étions même pas donné la peine d'ôter nos imperméables et nous restions debout, sous le stupide éclairage de mon lampadaire à l'abat-jour écossais.

— Monsieur Sheahan... ? Êtes-vous rentré... ?

Je me suis dirigé vers la cage d'escalier.

— Oui, bonsoir. Est-ce que tout va bien... ?

— Oui, je vous remercie. Est-ce que vous avez un moment ?

— Écoutez... Enfin non, pas ce soir... Est-ce que c'est urgent ?

— Oh non, pas du tout. C'est sans importance...

Tandis que nous traversions le pont qui enjambait la Sainte-Bob, le miroitement des eaux m'a remis à l'esprit la joyeuse rutilance de sa chevelure, surtout lorsqu'elle s'était penchée vers moi. J'admettais sans difficulté qu'il n'existait rien d'aussi lumineux dans la maison. Peut-être devais-je me concentrer sur l'éclairage ?

— Patrick, je t'en prie... J'ai d'autres soucis en tête !

Je n'ai pas insisté. Nous nous sommes arrêtés devant la barrière de l'usine car Marc avait certains papiers à prendre. Le gardien, figé dans une torpeur livide, a mis plusieurs secondes avant de réussir à nous ouvrir.

— Marc... Tu as vu cet homme... ?

— Pourquoi ? Il a quelque chose de spécial ?

— Oui. Il est mort. Enfin, c'est tout comme.

— Eh bien, va lui apporter des fleurs. J'en ai pour une minute.

Pendant qu'il s'engouffrait à l'intérieur du bâtiment, je me suis regardé dans le rétroviseur. J'ai aussi examiné mes mains, de chaque côté. Malgré une température assez fraîche, j'ai ouvert mon carreau.

Quelques jours plus tard, je me suis aperçu qu'un minimum d'appétit sexuel m'avait abandonné. J'avais promené toute la matinée un groupe de techniciens japonais à travers l'usine et ils m'avaient tellement épuisé que j'avais décidé de rentrer chez moi. Il était environ deux heures de l'après-midi. Le ciel était couvert, presque neigeux. Je sentais qu'une atroce migraine allait bientôt s'abattre sur moi, aussi me suis-je donc mis à la recherche d'aspirine. Je n'en ai pas trouvé. Et bien que je fusse persuadé que la maison était vide, je ne risquais plus d'aller m'aventurer chez Eileen MacKeogh car j'étais convaincu, même si ma crainte était absurde, qu'elle s'en apercevrait d'une manière ou d'une autre.

Je suis allé frapper chez Jackie. C'était son jour de lessive. Je tombais bien. Le hublot du sèche-linge était coincé et Thomas ne rentrait pas avant six heures du soir. Je l'ai accompagnée au sous-sol en lui expliquant pourquoi j'étais là de si bonne heure et ce que je désirais.

Mais pour commencer, je me suis agenouillé devant la machine. J'ai vite découvert ce qui empêchait la fermeture de fonctionner : un ressort s'était déplacé de son axe et ne permettait pas à l'ergot de revenir. Jackie m'a fourni quelques outils. Elle était effarée par cette pile de vêtements qui s'amoncelaient en moins d'une semaine et prétendait qu'elle n'allait pas s'en sortir. Je l'entendais pester dans mon dos contre Thierry et Caroline qui ne se rendaient pas compte et Thomas qui ne valait guère mieux.

Contre le mal de tête, elle préférait que je me dispense d'aspirine qui n'avait pas que des effets souhaitables. Une fois ma réparation terminée, je me suis retourné pour savoir ce qu'elle préconisait. Elle m'attendait derrière une chaise de fer que Thomas et moi avions entièrement assemblée lorsqu'il s'était acheté un poste à soudure. D'un geste, elle m'a invité à y prendre place.

« Caroline était souvent sujette à des migraines quand elle avait douze ou treize ans. C'est à cette époque que j'ai commencé à chercher autre chose. J'en avais assez de la voir avaler ses cachets par poignées, et tu sais, sans beaucoup de résultats... Est-ce que ça va...? » Ça allait. Pour dire la vérité, le véritable mal de crâne ne m'avait pas encore frappé à l'instant où elle m'avait pris en main et je ne pouvais juger de l'efficacité de ses massages, si ce n'était qu'ils étaient agréables. Ses doigts effleuraient mes tempes avec délicatesse et j'avais envie de fermer les yeux. Seulement je ne pouvais pas. Elle avait fini par enserrer mes genoux entre ses jambes. Au bout d'une minute, j'ai senti que je ne pouvais plus feindre d'ignorer la situation. C'est à ce moment que je me suis rendu compte que mon hésitation était surprenante. Interloqué, j'ai tout de même glissé une main sous son tablier, je suis allé jusqu'à lui mettre un doigt mais je n'ai pas pu continuer. J'ai bougé, je lui ai tenu une fesse.

— Impossible...! ai-je déclaré. Je crois que ma tête va exploser...

Elle a retiré ma main du sous-vêtement sans prononcer un mot, avec une ferme douceur. Je me suis levé et lui ai décoché une grimace douloureuse qui ne m'a demandé aucun effort.

Dans la rue, avant que je n'aie pu sortir mon mouchoir, le filet de sueur a glacé mon front.

Je ne savais pas très bien ce que j'avais. Debout dans la cuisine, en train de me laver les mains depuis une dizaine de minutes, je regardais la rivière au loin. Malgré une observation attentive, je n'arrivais pas à voir si elle coulait et mon esprit refusait de s'intéresser à autre chose. J'avais pourtant d'autres questions à me poser, de bien plus graves, à mon avis, mais je gardais les yeux fixés sur la Sainte-Bob dans l'espoir de découvrir un détail qui aurait satisfait ma curiosité, comme un remous ou un tronc d'arbre. Et rien ne se produisait.

— Très bien. Tu as mal à un genou. Tout le monde a mal quelque part. Je ne connais pas une seule personne de quarante-cinq ans qui n'ait pas un avant-goût de ce qui nous attend plus tard. Est-ce que tu espères encore courir le cinq mille mètres en moins de quatorze minutes ? Non... ? Eh bien, tu me rassures...

J'étais un peu gêné de lui parler de ça, sachant que Gladys agonisait dans sa chambre, à quelques mètres de nous. Cependant, j'étais encore tracassé par ma défaillance de l'après-midi, c'était la première fois que je n'avais pas envie de le faire avec Jackie.

— Quand même..., ai-je insisté, c'est ma meilleure amie... ! Je l'aime comme un frère... ! Bon sang, elle est pourtant bien fichue, reconnais-le, il faudrait que je sois devenu très difficile... Et ce n'est pas ça... Et c'est bien ce qui m'inquiète.

Déclarer à Marc que l'on était inquiet revenait à lui demander de vous servir un verre. Le mien était bien entamé. Il s'est retrouvé plein d'un seul coup. Puis Marc s'est penché par-dessus le bar et m'a attrapé par la nuque. Il m'a dévisagé avec un sourire un peu triste.

— Patrick, qu'est-ce qui ne va pas... ? m'a-t-il interrogé à voix basse. Crois-moi, ce n'est pas le moment de faire le con... L'un de nous deux doit garder la tête hors de l'eau et c'est ton tour, à présent... D'accord... ? *D'accord... ? ?*

J'ai hoché la tête.

Le lendemain matin, accompagné d'une hôtesse, je me suis préparé à recevoir un inspecteur de l'Environnement. Il nous avait rendu visite, après l'incident, flanqué de deux experts qui avaient examiné nos installations et nous attendions les résultats de son rapport. Comme il nous l'avait précisé, il n'était nullement tenu de nous les présenter et s'il agissait ainsi, c'était par pure bonté d'âme. Bien qu'il nous eût priés de ne pas nous déranger, nous sommes allés l'accueillir à l'aéroport, Laurence et moi. Il ne désirait rien prendre mais Laurence a plaisanté à propos de l'heure matinale qui lui avait à peine laissé le temps d'enfiler une paire de bas. Nous l'avons suivie jusqu'à la cafétéria et nous avons commandé des cafés. Je n'avais pas besoin d'engager une conversation quelconque, Laurence était une hôtesse remarquable. Elle savait croiser les jambes, mettre discrètement sa poitrine en valeur et rendre nerveux n'importe quel inspecteur en chef, qu'il eût ou non les signes de la vénalité au coin des lèvres. Les mains croisées sur le ventre, les yeux plissés, j'examinais la triste couleur du ciel que le vent traversait comme un fleuve invisible. Quand elle a jugé que notre homme était mûr, Laurence m'a regardé et j'ai déclaré qu'il était temps d'y aller.

Nous l'avons conduit jusqu'au bureau de Marc. Je suis resté dans mon coin durant la discussion qui rassemblait également quelques-uns de nos ingénieurs, le responsable du service de sécurité, l'avocat de Gladys qui représentait aussi les plus gros actionnaires, le premier adjoint au maire et le président de l'association regroupant la majorité des commerçants de la ville.

Lorsque nous sommes allés déjeuner, l'inspecteur, Laurence et moi, il a dit : « Alors si je comprends bien, c'est un peu une histoire de famille... » Laurence lui a répondu par un rire amusé. J'ai déplié ma serviette sur mes genoux, je l'ai fixée en la lissant d'une main, comme si je m'adressais à elle :

— Oui... C'est un peu ça. Nous nous sommes habitués à vivre ensemble... L'usine, les gens, la rivière... Nous avons quelques ennuis, de temps en temps, mais nous essayons de les surmonter... Le malheur, voyez-vous, c'est qu'en supprimant l'un, vous supprimeriez les autres. C'est un problème épineux.

L'inspecteur s'est penché vers moi :

— Mais mon pauvre vieux... Est-ce que vous savez *que vous êtes fou...* ?

Je ne l'ai pas regardé. Je me suis simplement saisi de la carte.

— Enfin, ne le prenez pas mal, a-t-il ajouté sur un ton apaisant. Je ne parle pas de vous en particulier, mais de toute la ville et des paysans alentour. La Camex est une espèce de marmite pleine de poison, tout le monde le sait, et malgré tout, chacun continue d'apporter sa brindille pour entretenir le feu qui la fait bouillir...

Nous avons échangé un coup d'œil admiratif, Laurence et moi, pour saluer une si belle image.

— Vous croyez que je plaisante... ? Connaissez-vous l'histoire du type qui hurle qu'on l'assassine alors qu'il est en train de s'étrangler de ses propres mains... ?

J'ai failli lui répondre que je ne savais pas où il avait entendu quelqu'un crier. Personnellement, je connaissais l'histoire du type qu'on empêche de s'étrangler en lui cassant les deux bras et en le laissant pourrir sur place. Personne ne nous avait encore proposé de convertir la Camex en usine à champagne. À moins d'une heure de route, et dans n'importe quelle direction, on trouvait des raffineries, des centrales thermiques, des entreprises d'agrochimie, des cheminées qui crachaient des fumées rouges, des bleues, des vertes, des incolores qui vous rentraient dans la bouche, dans les yeux, dans les trous de nez, dans les oreilles, des usines qui balançaient des boues, des poussières, toutes les saletés imaginables vers le ciel, dans les océans, sous la terre et même dans le cul des vaches. Il n'était pas le premier inspecteur avec lequel je déjeunais et j'avais déjà entendu leurs fichues mises en garde une bonne douzaine de fois.

— Cher monsieur Sheahan..., a-t-il poursuivi. J'ai bien compris que l'on m'exhortait à ne pas donner suite à cet incident, soyez sans crainte. Mais je doute que cela soit vous rendre service...

Comme Laurence était en face de moi, je ne voyais pas ce qu'elle offrait en pâture à notre inspecteur dont l'œil s'était figé dans un éclat concupiscent. Elle était capable de leur couper la parole sans prononcer un mot.

À la fin du repas, j'ai réglé l'addition et je leur ai laissé la voiture. J'ai appelé l'Hôtel des Gouverneurs pour m'assurer que leur chambre était prête et que le service serait à la fois discret et empressé, puis je suis parti à pied pour le seul plaisir de pouvoir marcher sur le pont et vérifier que la Sainte-Bob coulait bien. J'étais accoudé au garde-fou, le rapport de l'inspecteur calé contre ma poitrine, les yeux larmoyants sous le vent froid qui me soufflait au visage. Marc a sauté de sa voiture pour me rejoindre, sans prendre la peine de couper son moteur.

— Ah, tu es là... ?

Je lui ai répondu que oui, j'étais là. Je lui ai donné le rapport, j'ai dit que l'inspecteur avait accepté son enveloppe et que Laurence avait été aussi parfaite qu'à l'accoutumée.

— Ce n'est même pas ça..., ai-je déclaré après une minute de silence. Je croyais que c'était peut-être ça, mais ce n'est pas ça... Je fais ce travail sans plaisir, mais pas au point de me rendre malade... Non, je crois que c'est rien de particulier. Comment t'expliquer... une fatigue générale... Enfin, est-ce que tu vois ce qui m'est arrivé pour mon salon ? D'accord, je ne l'aimais pas, mais je le supportais depuis des années, oui ou non... ? Et il n'y a pas si longtemps, je baisais avec Jackie, je ne rencontrais pas des morts à tous les coins de rue, je ne cherchais pas à m'encombrer d'un locataire, tu trouves ça normal... ?

Marc serrait les dents. J'ai remarqué que son visage avait blanchi, que les ailes de ses narines s'étaient durcies.

— Est-ce que tu le fais exprès... ? a-t-il lâché en continuant de regarder droit devant lui.

— Comment ça, si je le fais exprès... ?

Il s'est tourné vers moi d'un bloc, comme s'il avait porté une minerve. Mais je l'ai arrêté :

— Je sais. L'un de nous deux doit garder la tête hors de l'eau et il semblerait que ce soit mon tour. Si ça signifie qu'il faut que je garde mes problèmes pour moi, alors très bien, je ne dirai plus rien.

Il m'a saisi le bras et m'a fixé en hochant la tête. J'avais l'impression qu'il ne parvenait pas à formuler sa pensée.

— Hé... ! l'ai-je secoué. On ne s'est encore jamais suicidé, ni toi ni moi. Nous avons eu l'occasion de prouver que nous n'étions pas de taille. Alors débrouillons-nous comme nous pouvons. Quand tu te sentiras mieux, j'aimerais bien que tu me déposes chez moi...

Franchement, je ne me souciais pas trop pour lui. Qu'il fût dans une phase dépressive, je n'étais

69

pas le dernier à m'en rendre compte. Mais il en avait connu d'autres. J'avais des dizaines de raisons de ne pas m'inquiéter outre mesure. Jackie pouvait bien me reprocher de ne pas lui accorder toute l'attention qu'il méritait — de son point de vue. Moi, je ne le connaissais pas depuis cinq ou six ans, je n'avais pour ainsi dire aucun souvenir de mon existence dans lequel il n'apparût pas. Rien n'avait changé entre lui et moi. Ce qui avait changé, c'était ma capacité à absorber de grosses quantités d'alcool, ma résistance au-delà de quelques nuits blanches, le regard que je posais à présent sur nos vies. En cela, peut-être avais-je eu tort de le traiter d'assassin. Il n'en était pas davantage responsable que moi. Et responsable de quoi, au juste ? Est-ce que j'étais à un âge où l'on pouvait encore se raconter des histoires ?

Nous nous sommes quittés devant ma porte, après qu'il eut hésité à entrer et que j'eus tardé à le retenir. Ses pneus ont hurlé sur une centaine de mètres. Il n'était pas content.

À travers la fenêtre de ma cuisine, j'ai observé Jackie, penchée sur ses fourneaux. Je l'ai appelée pour savoir si elle avait besoin d'un coup de main.

— Ça dépend. Comment te sens-tu ?

— Je vais venir, si c'est vraiment trop dur.

— Alors je crois que je vais m'en tirer, ne t'inquiète pas.

Je lui ai adressé un signe d'encouragement avant de raccrocher. Je suis allé faire un tour dans mon salon, puis ayant renoncé à allumer la télé, je suis revenu m'installer à ma table.

Vous ai-je parlé de nos sources d'eau chaude ? Nous avons si peu l'occasion d'échanger quelques mots que cela ne m'étonnerait pas. Avec la chance que nous avons, nous allons nous louper, cette fois encore. Alors voilà ce que je vous propose, tout en regrettant de ne pas le faire de vive voix : joignez-vous à nous, demain matin. Tout est prêt. Nous partirons au lever du jour. Je crois que ça vous plaira, et si j'en juge par votre emploi du temps, vous devez être fatiguée et méritez quelques heures de détente. Surtout, ne vous faites pas prier, ce serait ridicule.

J'ai remarqué que vous ne dîniez pas chez vous. Je me mêle de ce qui ne me regarde pas. Mais si c'est pour une question d'ustensiles et si vous désirez utiliser mon four ou quoi que ce soit d'autre… Je vis seul. Nous ne risquons pas trop de nous bousculer, même si nous le faisions exprès. Vous pouvez même vous servir de mon réfrigérateur et de ma machine à laver. Comprenez-moi : vous êtes si discrète que je me demande si tout va bien. Or, c'est tout ce que je souhaite. Je pense même à la télé : si une émission vous tente, faites-moi le plaisir de descendre. Que puis-je vous dire de plus ? Peut-être à demain, donc.

Je ne savais pas ce qui me poussait à lui écrire ce genre de mot. C'était un mystère que je ne tentais même pas d'élucider, tant cette lubie me semblait anodine. Ne pas y céder m'aurait contrarié, j'imagine, et je n'avais aucune raison de me rendre la vie moins joyeuse qu'elle ne l'était.

Au petit matin, j'ai ouvert de grands yeux satisfaits dans la pénombre de ma chambre. Il m'a fallu plusieurs secondes avant de réaliser que le bien-être que je ressentais provenait d'une mélodie qu'on fredonnait dans la maison. J'avais depuis toujours un faible pour *Johnny, I Hardley Knew Ye*, un penchant que j'attribuais à mes origines irlandaises sans y croire une seconde.

Eileen MacKeogh avait une très jolie voix. Je me suis habillé avec le sourire.

Je l'ai félicitée pour son répertoire. Pendant qu'elle s'excusait pour avoir troublé mon repos, je me suis penché à la fenêtre. Le ciel était soit bleu pâle, soit gris clair. Il m'a semblé qu'elle a sursauté quand j'ai précisé que nous n'allions pas aux sources pour boire un verre d'eau, mais pour nous y baigner et qu'elle pouvait prendre un maillot de bain si elle le jugeait utile. J'étais de bonne humeur. Elle était libre de se dégonfler à la dernière minute, je n'y voyais aucun inconvénient.

Thomas et Jackie étaient prêts. Loin de me reprocher d'avoir invité Eileen MacKeogh, ils ont déclaré que c'était une excellente idée. Nous avons attendu l'arrivée de Marc en chargeant le break de Jackie dont le pare-brise reflétait la montagne tronçonnée par la brume. Elle avait sans doute décidé d'emporter un maillot car je la trouvais bien détendue. Puis j'ai découvert qu'elle appelait Thomas par son prénom, au moment où celui-ci embarquait ses cannes à pêche :

— Non, Thomas, je vous assure..., monsieur Sheahan ne m'en avait pas parlé... !

Il a répondu que c'était normal, que je ne m'intéressais pas à la pêche. J'ai attendu qu'il retourne à l'intérieur.

— Dites-moi, ai-je grincé avec mon plus gentil sourire. J'espère que vous n'allez pas me donner du « Monsieur Sheahan » jusqu'à la nuit des temps, n'est-ce pas... ?

Elle rosissait encore comme une jeune fille. J'ai eu l'impression d'être enfermé dans une carapace qui n'avait rien d'enviable.

— Écoutez, ai-je poursuivi. Je vais vous appeler Eileen... Ça ne vous dérange pas, au moins... ?

Elle a ouvert la bouche. Je n'ai rien entendu, mais j'ai vu qu'elle hochait la tête. Peut-être qu'un simple mot comme « Patrick » pouvait lui rester en travers de la gorge, qui sait ?

Marc est descendu de sa voiture en disant qu'il ne venait pas. Je lui ai fait remarquer qu'un coup de fil lui aurait évité de se déranger. À quoi il a rétorqué qu'il s'était décidé en cours de route.

Un peu plus tard, dans la voiture, et alors que nous attaquions des virages en rangs serrés, il s'est mis en tête de doubler le break de Jackie. J'ai essayé de l'en dissuader, puis j'en ai eu assez de discuter. J'ai vu Jackie qui vrillait un doigt contre sa tempe lorsque nous nous sommes portés à sa hauteur dans la boucle d'une épingle à cheveux dont l'extérieur plongeait à pic.

Il roulait si vite que nous avons dépassé les sources en un clin d'œil. Je n'ai rien dit. Je me suis remémoré combien j'avais insisté pour qu'il nous accompagne. Quand nous avons jailli sous le ciel bleu, hors d'une langue de brouillard enroulée autour du sommet comme une écharpe, je lui ai demandé quelle était la suite du programme.

Il s'est garé sur le bas-côté, à un endroit où l'on respirait l'espace. Il est descendu pour ouvrir la malle arrière. Je n'ai pas bougé car j'étais impatient que nous fassions demi-tour et rien de ce qu'il avait en tête ne pouvait m'intéresser pour le moment. « Patrick, tu peux venir une seconde... ? » Mais j'ai pensé que plus vite je céderais à son désir de psychopathe, plus vite nous retrouverions les autres.

Comme je m'approchais, il a refermé la malle. Je ne connaissais pas encore ce jeu. Si je me fiais au front plissé de mon partenaire, cela ne devait pas être si simple. Il a interrogé l'horizon des yeux, enfonçant une main dans sa poche plutôt que de la laisser s'agiter contre sa jambe. Je me suis raclé la gorge. Et il s'est enfin décidé :

— Écoute-moi, Patrick... Nous sommes dans une situation terrible !

— Nous... ? ai-je ricané.

Il m'a transpercé du regard.

— Oui, *nous*... ! a-t-il répété. À moins que tu ne me laisses choir une fois de plus. Mais peut-être que ça devient une habitude... ?

Il a guetté ma réaction avec un air presque mauvais. Puis quelque chose a dû le rassurer, je ne sais quoi dans mon attitude.

— Ne me demande pas comment nous en sommes arrivés là..., a-t-il repris. Tout s'est enchaîné si vite, comprends-tu... Personne n'est vraiment responsable...

À la manière dont il amenait les choses, j'ai eu

l'intuition qu'il n'était pas au bout de son histoire. J'ai donc amorcé un mouvement pour m'asseoir sur le coffre mais il m'en a empêché.

— Attends un peu..., a-t-il déclaré, une main refermée sur mon bras. S'il te plaît, laisse-moi finir... Écoute-moi, c'est très grave, mais ça aurait pu l'être encore plus... Enfin, je ne crois pas que tout soit perdu, mais nous devons trouver une solution en vitesse. Patrick, tu vas voir, c'est à peine croyable... !

J'avais rarement eu l'occasion de l'observer sous cet angle. Même dans des situations difficiles, ce n'était pas quelqu'un dont la mâchoire tombait. Même s'il était désemparé, son visage restait fermé, jamais ses épaules ne s'affaissaient. Et soudain, j'avais devant moi un type qui baissait la tête. J'ai commencé à m'inquiéter pour de bon.

— Alors... ? Je vais voir quoi... ?

Il s'est ressaisi, brouillant dans la seconde la piètre image qui m'avait sidéré. Il m'a lancé un rapide coup d'œil avant d'ouvrir le coffre. J'ai baissé les yeux vers l'intérieur. Puis il l'a refermé aussitôt.

J'ai plaqué ma main sur mon front. Au bout d'un instant, elle a glissé sur mes yeux. Pour enfin venir se contracter sur ma bouche.

— Bon, mais il n'est pas mort..., a souligné Marc.

Je me suis contenté de hocher la tête.

— Viens, Patrick, ne restons pas là.

En moins d'une minute, nous avons franchi le col. Ensuite, nous avons entamé une descente tourbillonnante au milieu des sapins qui voûtaient et assombrissaient la route.

— Non, il va bien, je lui donne des somnifères, m'a expliqué Marc. Sa blessure n'est pas grave. Mais tu sais, Laurence ne savait pas quoi faire, elle a pris ce qui lui tombait sous la main.

Je le regardais de temps en temps pour m'assurer que je ne rêvais pas. Mais c'était d'une réalité fabuleuse, furieusement éclatante. J'avais besoin de l'air glacé qui me fouettait au visage pour en saisir la pureté, l'extraordinaire précision.

— Alors voilà. Il est dans la malle depuis hier au soir.

— Tu n'as pas peur qu'il prenne froid ?

Il ne m'a pas répondu.

— Je parle sérieusement, ai-je soupiré.

Il s'est arrêté. J'ai pris le plaid sur la banquette arrière et suis allé ouvrir le coffre. J'ai crié : « On pourrait peut-être le prendre avec nous... ? ! » Marc a secoué la tête. Quand je suis remonté dans la voiture, il m'a dit que nous ne devions pas perdre de vue certaines choses.

— N'oublie pas que cet individu n'a rien d'une malheureuse victime. Surtout pas... Il prend l'argent, il baise la fille, mais ça ne lui suffit pas... sais-tu que Laurence s'est sentie humiliée pour la première fois ? Quand il lui a dit qu'il n'avait jamais été question pour lui d'oublier notre affaire, elle en a eu les larmes aux yeux, tu pourras lui demander. Rien que pour cette raison, je trouve que mon coffre est assez bon pour lui, et même plutôt confortable... Et encore une chose : je n'ai jamais eu l'intention d'enlever ni de séquestrer personne. Seulement voilà. Il se trouve que j'ai quelqu'un de ficelé dans mon coffre depuis hier soir et que donc, les ennuis ont commencé... !

— Et que comptes-tu faire ?

— Je ne sais pas ! a-t-il lancé sur un ton sec. Je n'en sais rien du tout. Mais je ne vais pas le relâcher sur le bas de la route avec mes excuses... (Il m'a regardé avant d'ajouter :) Ça non, sûrement pas... !

Je n'ai plus rien dit car j'ai vite compris où nous allions. C'était sans doute la meilleure solution, dans l'immédiat. Si nous devions tenter de réfléchir à quoi que ce soit, j'aimais autant que nous cessions de nous promener avec un blessé, qui plus est ligoté, bâillonné et bourré de somnifères, à l'intérieur du coffre. Rien que d'y penser, je me sentais tout bête, comme si mon cerveau avait manqué d'oxygène.

Nous l'avons transporté dans une chambre du chalet. Marc lui a soulevé une paupière. Puis il lui a placé un masque sur les yeux, lui a mis des comprimés dans la bouche, a vérifié les nœuds et s'est tourné vers moi pour savoir si je voyais autre chose. Jusque-là, je n'avais rien trouvé pour me rendre utile. J'étais d'ailleurs étonné du sang-froid avec lequel il venait d'accomplir ces quelques tâches, ainsi que de leur pertinence. À tout hasard, j'ai proposé que nous allumions le chauffage.

— Au moins, tu as de la suite dans les idées..., a-t-il plaisanté.

Je suis allé dehors pendant qu'il s'occupait de

77

mettre la maison en marche. Je me suis avancé vers le fond du terrain, les mains dans les poches, sans intention précise et laissant vaguer mon regard autour de moi comme le client d'un hôtel qui descendrait faire un tour dans le jardin avant d'aller au bar. J'ai aperçu au loin, en contrebas, les toits du Rocher de l'Homme Noir et les fumées des cuisines. S'il n'y avait pas eu d'arbres, j'aurais également pu voir les sources et la lumière scintiller sur les bassins.

Il y avait longtemps que nous n'avions pas mis les pieds ici, en fait depuis que Gladys était tombée malade. Nous y avions passé de bons moments. Avant que les choses ne se gâtent, entre Marion et moi, nous y avions séjourné des mois entiers avec l'espoir que la beauté de cet endroit viendrait à bout de nos échecs en matière de procréation. Après notre rupture, j'y étais resté pas mal de jours, seul, sur la terrasse avec une couverture sur les genoux, mes crèmes solaires et mes tranquillisants. Gladys m'avait prêté les clés et Marc se débrouillait pour venir me voir dès qu'il sortait de son bureau ou bien le soir, jusqu'à ce que j'aille me coucher. Je me souvenais que les quelques mètres que je venais de parcourir constituaient alors mes seules et uniques balades. Je restais planté debout, parfois pendant des heures, à contempler le paysage avec un imperceptible travelling du regard, comme dans un documentaire de Straub et Huillet. J'ai frissonné à l'évocation de cette période. Puis j'ai pensé que le présent n'avait rien à lui envier.

Marc m'a appelé. Je l'ai rejoint sur la terrasse.

— Eh bien, ça ne se présente pas trop mal... ! a-t-il lâché d'un air satisfait.

— Oh ça, tout va pour le mieux... ! ai-je souligné d'un hochement de tête, tout en m'agrippant aux bras du fauteuil de jardin pour m'y asseoir sans me flanquer par terre.

— Écoute, je ne dis pas que nous n'avons pas un problème. Mais nous ne pouvons pas rêver mieux pour le résoudre. Tu n'es pas de mon avis... ?

J'ai repoussé le verre qu'il venait de me servir sur la table et me suis penché vers lui.

— Marc, je veux t'entendre dire que nous avons séquestré un homme, qui est en ce moment ficelé et bâillonné dans une chambre juste derrière moi, je veux t'entendre me dire que nous avons fait ça et que les choses ne se présentent pas trop mal, dis-le-moi nom de Dieu... !

Il a croisé une jambe, a frotté doucement ses deux mains l'une contre l'autre sans me quitter des yeux.

— Très bien, je vais te le dire..., mais peut-être d'une manière différente. Nous venons de mettre un salopard hors d'état de nuire. Et nous ne lui avons rien fait, il est en ce moment allongé sur mon lit et il dort. Nous avons seulement retenu son bras avant qu'il ne nous frappe, aussi bien toi que moi ou n'importe quelle famille de la région. Donc nous sommes là pour décider des suites que nous allons donner à cette histoire et je ne vois pas pourquoi nous devrions prendre ça au tragique... Est-ce bien ce que tu me demandais... ?

Marc était mince et doté d'une élégance naturelle. Deux choses que j'admirais, étant d'une allure plus massive et plus gauche, mais qui me tapaient rapidement sur les nerfs lorsque nos rapports devenaient orageux. Je détenais une photo où nous apparaissions tous deux en costume de lin clair. Heureusement pour moi, nous étions de la même taille, mais Marc, sur ce cliché, avait la désinvolture froissée d'un passager de l'Orient-Express, tandis que pour ma part je semblais sortir d'une lessiveuse. Et depuis ce jour, j'avais remarqué qu'il se servait de ces avantages pour prendre le dessus lorsque l'une de nos conversations tournait à l'aigre. C'est pourquoi j'adorais l'attraper par le col et chiffonner la chose entre mes doigts. Je m'y suis donc employé, après qu'il eut fini de se ficher de moi.

— Nous y sommes jusqu'au cou, et tu le sais très bien... ! lui ai-je soufflé au visage. Et nous allons payer ça au centuple... !

— Mais la plus belle fille du monde ne peut donner que ce qu'elle a, il me semble..., a-t-il murmuré avec un sombre sourire.

J'ai lâché le revers de sa veste qui a aussitôt repris sa forme. Ce devait être un tissu infroissable, dont, l'espace d'une seconde, je me suis étonné de la qualité. Voilà bien le genre de stupide réflexe qu'il m'avait inoculé ! Mais c'était de ma faute. Le jour où j'avais décidé que j'avais besoin de lui pour choisir mes costumes ou autres, j'avais pénétré un monde de chimères que je ne trahissais qu'à grand-peine, distrait par de vieilles habitudes de jeunesse, du temps où je m'habillais dans les surplus. Marc a profité de ce ridicule instant d'égarement pour briser la tension qui avait monté tout d'un coup.

— Patrick, écoute-moi... Nous allons lui parler... Nous le détacherons avant qu'il ne retrouve complètement ses esprits. Il ne saura même pas ce qui lui est arrivé. Et si nous obtenons l'assurance qu'il retourne dans le droit chemin, nous aurons bientôt oublié cette histoire. Est-ce que tu me suis... ?

J'ai failli lui demander si j'avais le choix. Est-ce que les sentiments que j'avais pour lui me laissaient la moindre liberté ? À aucun moment, je n'avais pensé que je pourrais m'en tirer seul, ni dans cette aventure ni dans l'existence en général. Nous avions trop de choses en commun. Un fouillis inextricable de liens nous rattachait l'un à l'autre. Et ils s'étaient développés depuis si longtemps que plus personne n'aurait pu s'y reconnaître. C'était sans espoir.

Je n'ai pas trouvé la force de lui résister. D'un autre côté, sa stratégie ne me semblait pas trop risquée et je n'en avais encore conçu aucune autre. J'ai jeté un regard sur le paysage qui nous entourait et j'en ai retiré la même sensation qu'autrefois : cet endroit était trop détaché du monde, trop grandiose et trop élevé pour qu'on ait la chance d'y résoudre le moindre problème. Tout vous paraissait si lointain, si petit, si dénué de substance. Vous pouviez monter ici chargé comme un mulet, avec des emmerdements à ne plus savoir qu'en faire et aussitôt que vous pénétriez sur l'esplanade, que vos pas foulaient l'herbe tendre et que vos yeux se plissaient, vous ne saviez même plus qui vous étiez, et encore moins quelles bagatelles vous aviez fuies. Vous seriez-vous préparé à examiner les ennuis rencontrés en bas qu'ils seraient tombés en poussière sous votre nez. Un coin trop détaché du monde, trop pur, trop silencieux. J'ai reporté les yeux sur Marc avec un geste d'abandon. La lumière était encore si agréable que la douceur de l'air devenait démoniaque. J'ai tendu la main vers mon verre.

Pendant que Marc inventoriait les provisions à l'intérieur des placards, je suis allé voir ce que devenait notre prisonnier. Il était toujours endormi — je me suis assuré qu'il respirait bien — et il n'avait pas bougé d'un pouce. Sa blessure, à l'arrière du crâne, ne m'a pas semblé si terrible. Le sang ne coulait plus et avait séché dans ses cheveux, qu'entre parenthèses, je découvrais farcis de pellicules. Aussi bien, à y regarder de plus près, ce type ne faisait pas très net. Je me suis demandé comment Laurence, qui me donnait toujours une impression de propreté médicale, s'y prenait pour surmonter ce genre de mauvaises surprises. Je ne savais même pas combien Marc lui donnait pour coucher avec un type pareil. Il y avait soit un côté dépravé, soit un fameux courage, chez cette fille. Sans compter qu'il ne sentait pas bon, l'aigre et une vague, paradoxale odeur de pressing. J'ai regretté de ne pouvoir éprouver la plus infime sympathie pour ce gars-là, aurait-il ouvert les yeux dans la seconde pour me déclarer qu'il m'aimait.

Toutefois, dans un élan d'humanité, j'ai rappelé à Marc que nous étions trois à dîner.

— Oui, nous verrons ça...

— Non, ce n'est pas « nous verrons ça ». Et le sang qu'il a perdu... ?

— Oh, trois fois rien. C'est une égratignure.

— Je regrette, mais ce n'est pas une égratignure.

Il a réfléchi un instant. Puis il a eu l'air d'avoir une illumination.

— Très bien. Nous lui donnerons à manger.

— Parfaitement.

Il a contourné la table pour venir me prendre par l'épaule et nous diriger vers la porte que nous avions laissée ouverte pour aérer, autant que réchauffer un peu la pièce avant que les radiateurs ne soient à la bonne température.

— Sais-tu mon sentiment ? s'est-il enflammé tandis que nous nous dirigions vers le tas de bois. Quand on ne peut plus s'aider soi-même, il faut essayer d'aider les autres. Enfin, je ne vois pas d'autre solution et c'était une chance à saisir au vol. Oublions un instant le côté scabreux de l'entreprise, mais c'est ainsi, ne revenons pas là-dessus, et pense à tous ces gens, ces familles entières qui sont à la merci de cet individu... Tu sais bien que rien n'est à moi. Mais la Camex n'a qu'à fermer seulement six mois et c'est toute la ville qu'on prend à la gorge... !

Nous nous sommes arrêtés pour prendre quelques bûches. Je n'aimais pas tellement ses explications, ni la manière dont il me les donnait. Il me semblait aussi un peu trop emporté, trop impatient d'emprunter cette nouvelle voie qui consistait à chercher son salut par personne interposée. Pas lui, pas sous cette forme. Et je n'aimais pas non plus qu'il me dise qu'il ne pouvait plus s'aider lui-même. Ce n'était pas le moment. J'estimais que la situation était assez instable telle qu'elle se présentait déjà. J'aurais été heureux que nous ne la minions pas davantage avec nos états d'âme, si c'était possible. Mais peut-être valait-il mieux que nous n'en parlions pas. Toutefois, pour surmonter le malaise qui m'envahissait, je lui ai laissé tomber une bûche sur le pied.

Cela nous a permis de respirer, lui et moi. Son cri a fait s'envoler une corneille perchée dans les branches et l'oiseau noir s'est évaporé dans les airs à mon grand soulagement. Je me suis d'ailleurs secoué et me suis réjoui d'avance que nous préparions un feu car la fraîcheur ne tarderait pas à nous surprendre.

En regardant les flammes, j'ai pensé à Eileen MacKeogh. Nous avions trouvé quelques cèpes autour de la maison. Marc avait relevé ses manches, noué un tablier autour de sa taille et nous avait promis le plus simple et l'un des meilleurs plats du monde. Je pensais à elle pendant qu'il m'entretenait de recettes culinaires et du terrible drame que nous n'ayons pas d'œufs. Je poussais les bûches du bout du pied pour produire des étincelles, et ce faisant, j'avais envie de la voir. Je l'imaginais sur un rocher pendant que toute la ville se débattait dans le cloaque. C'était une vision si niaise que je souriais en attisant les flammes. Mais j'aurais voulu avoir d'autres visions de ce genre, plus ridicules encore. Et aussi, j'ai regretté de ne pas me trouver seul car j'ai eu soudain envie de lui écrire. À mon avis, notre inspecteur ne savait pas entre quelles mains il était tombé.

Je suis allé lui rendre visite, sans me préoccuper de la grimace de Marc.

Au retour, j'ai demandé à celui-ci quel genre de somnifères il lui administrait, et en quelle quantité. Prenant un air innocent, les yeux écarquillés et la lèvre inférieure ourlée comme le bord d'une cuvette en pâte molle, il m'a signifié que pour ce qu'il en savait, il ne lui avait rien donné d'extraordinaire.

— Quand même, il dort depuis longtemps, ai-je glissé pendant que j'offrais mes reins à la cheminée.

Je me suis écarté pour qu'il puisse poser la poêle sur le feu. Comme il s'était accroupi devant les flammes et qu'une lueur ardente traversait ses cheveux, j'ai pu admirer la belle régularité de son crâne qu'un bon début de calvitie avait dégarni. Ce n'était pas d'aujourd'hui que ses boucles s'étaient clairsemées et ça n'empêchait pas les femmes de le trouver irrésistible. C'était une terrible injustice pour ceux qui avaient réussi à sauver les meubles. Au point qu'un jour je m'étais rasé la tête pour voir de quoi j'avais l'air, mais Marion n'avait pas apprécié. J'ai cessé de fixer son crâne pour dresser l'oreille. Marc avait entendu, lui aussi. Je suis allé à la fenêtre.

— Ça, c'était à prévoir... ! ai-je déclaré.

Marc a bondi vers la porte de la chambre et l'a fermée à clé. J'ai tendu le bras, le pouce dressé à son intention afin de saluer son plan infaillible. Qu'il y ait répondu par un geste d'impuissance ne m'a pas fait changer d'avis.

Jackie est entrée la première.

— Est-ce qu'on vous dérange... ?

Elle a déposé le panier de provisions sur la table avant de lever les yeux vers nous. Marc s'est tourné vers ses champignons.

— Nous avions à parler..., ai-je prétendu avec un léger signe de tête vers le dos courbé de Marc. Mais pas devant elle et nous ne voulions pas vous gâcher la promenade.

— Vous n'avez rien gâché du tout, a-t-elle soupiré en ôtant sa veste. Mais j'ai bien cru que ce panier allait nous rester sur les bras...

Elle a aussitôt entrepris de le vider et d'aligner les petits paquets enveloppés d'aluminium sur la table, en les nommant au passage. À moins d'employer la force, personne n'aurait pu l'en empêcher. Car depuis que ses enfants avaient grandi et lui avaient échappé, Marc et moi faisions les frais d'un reliquat de couvaison maternelle. On avait envie de s'endormir dans ses bras ou de la précipiter au fond d'un ravin, selon les circonstances.

J'ai laissé Marc se débrouiller avec elle et suis sorti. Thomas était en train d'instruire Eileen Mac-Keogh de la géographie des lieux, un bras tendu vers l'horizon qu'il balayait de son espèce de chapeau décoré de mouches, cuillères et leurres en tout genre. J'ai eu le plaisir d'avoir le soleil couchant face à moi, tandis que je m'approchais d'eux, et lorsque Eileen MacKeogh s'est tournée dans ma direction, mon plaisir a bondi au niveau supérieur par le simple mouvement de sa chevelure qui, d'éblouissante, venait en plus de s'animer sous mes yeux. Je me suis retenu pour ne pas la toucher. J'ai dit à Thomas que les choses s'étaient plus ou moins arrangées et à la jeune femme que nos affaires devaient lui paraître bien embrouillées. Elle m'a répondu : « Non, pas du tout, mais je ne voudrais surtout pas m'imposer... »

— Soyez tranquille, ai-je souri.

Marc a eu l'idée de les envoyer chercher des champignons, sous prétexte que sa poêlée devenait ridicule. Jackie a voulu m'emmener, mais il a soupiré : « Je t'en prie, laisse-le-moi encore une seconde... ! »

Dès qu'ils ont eu décampé, il a jeté son tablier par terre.

— Ah ! Qu'ils aillent au diable... ! ! a-t-il grogné. Il ne manquait plus que ça !

Je me suis avancé vers la porte pour m'assurer que Jackie n'avait rien oublié. Elle nous avait glissé un « Vous m'inquiétez, tous les deux... » qui pouvait laisser prévoir un retour intempestif. Je les ai suivis des yeux pendant qu'ils pénétraient dans la forêt.

— Trouvons un moyen pour qu'ils fichent le camp... ! a-t-il ajouté. N'importe quoi !

— Ils vont se douter de quelque chose..., ai-je rétorqué par-dessus mon épaule. Si tu veux mon avis, nous ne devrions pas essayer de résister. Lais-

sons-nous porter par le courant... C'est la meilleure chose à faire, pour l'instant.

— Ah bon sang ! Nous nous en tirions parfaitement bien, tous les deux, nous n'avions besoin de
personne... ! Pourquoi a-t-il fallu qu'ils arrivent,
ces trois-là ? Est-ce qu'ils ne pouvaient pas nous
laisser tranquilles... ?

J'ai réfléchi un instant à ce qu'il venait de me
dire. Mais j'ai refusé de prendre ça au tragique.
D'autant qu'il y avait d'autres urgences que celle
d'analyser la réelle signification de ses paroles. Si
jamais il y en avait une. Nous sommes allés voir où
en était notre prisonnier. Marc l'a secoué un peu
pour éprouver la qualité de son sommeil. Cette
fois, c'est moi qui lui ai conseillé de lui redonner
quelques comprimés de somnifères et j'en ai profité pour m'assurer que ses liens tenaient bon et
que Marc lui remettait correctement son bâillon en
place. Nous sommes ressortis de la chambre au
plus vite.

Nous avons goûté les champignons.

— Je crois une chose..., a déclaré Marc avec la
poêle à la main et en inclinant la tête vers la chambre. C'est que si nous remontions à la source, si
l'on cherchait l'origine de la plupart des batailles
où les gens se sont entre-tués, on trouverait un
individu de ce genre qui a manqué à sa parole ou
qui s'est conduit de façon malhonnête. Il y a à la
base de chaque conflit quelque chose de plus simple qu'on ne le pense : tout bêtement un salopard
de mauvaise foi, une crapule qui jette une goutte
de son poison et qui enflamme l'océan.

J'ai terminé mon délicieux échantillon avec un balancement de tête élogieux.

— Qu'est-ce que ça signifie au juste ? Tu suggères qu'on s'en débarrasse... ?

— Non, mais sérieusement... Je n'en reviens pas du tour qu'il a voulu nous jouer. Franchement, j'aimerais savoir ce qu'il se passe dans l'esprit d'un homme qui décide froidement d'agir comme un salaud, quelles qu'en soient les conséquences... Tu te souviens de ce que disait ma mère sur les légions du Diable... ?

— « ... et elles se levèrent et se reconnurent au ciel noir qui se formait au-dessus d'elles, aux feux qui s'embrasaient sur leur chemin, aux cris épouvantés des hommes qui se jetaient à leurs pieds. »

— Oui, c'est à peu près ça.

— Non, c'est *exactement* ça. Nous l'avons assez entendu... Tu penses qu'il va nous cracher du soufre à la figure ?

Nous les avons aperçus, à l'orée de la forêt, courbés au-dessus de l'herbe et dans une lumière que la disparition du soleil avait apaisée. Nous les avons observés en silence, avec le crépitement de la cheminée.

— Où que nous ayons été, elle nous aurait retrouvés, ai-je conclu. Elle a dû ronger son frein avant de les faire se rhabiller en vitesse. J'ai cru qu'elle allait nous enfoncer son panier dans la gorge...

— Et si nous lui faisions remarquer que Thomas tourne autour de cette fille... ? Ce serait un bon moyen pour abréger la soirée, qu'en penses-tu ?

— Non, ça ne tient pas debout. Tu l'as regardé... ? Il n'y croit pas lui-même. Non, c'est une fille étrange...

— Est-ce que c'est nouveau, cet appétit pour les grosses ? Ou alors, il cachait bien son jeu.

— Elle n'est pas grosse. On ne peut pas dire ça...

Comme ils revenaient vers la maison, il a comparé sa silhouette à celle de Jackie.

— Je ne sais pas, lui ai-je répondu. Je ne suis pas très convaincu.

— J'espère que tu plaisantes...

Je lui ai souri.

La cueillette avait été bonne. Jackie a dit que tout compte fait, cette soirée s'annonçait bien meilleure que ce qu'elle aurait imaginé et que le repas lui-même allait balayer tous les pique-niques qu'on aurait pu organiser. Marc a repris un air sombre.

— Mais qu'est-ce qu'il a... ? m'a-t-elle glissé en me poursuivant dehors avec un verre.

— Rien de spécial. Enfin rien que tu ne saches déjà.

— Tu sais, si je suis venue, c'est que j'ai pensé bien faire... Je sais aussi que c'est éprouvant pour toi. Il faut qu'il te laisse respirer, tu n'es pas très en forme, toi non plus. Je ne suis pas sûre que vous vous aidiez vraiment, l'un et l'autre. J'ai plutôt l'impression de voir deux croque-morts dans la même barque...

— Écoute, pourquoi ne pas vérifier ? Veux-tu m'accompagner derrière la maison ?

— Pas maintenant, nous verrons ça plus tard.

J'ai sifflé entre mes dents :

— Hé... ! Est-ce que tu aurais pris le goût du risque ?

Elle a éludé ma question d'un geste vers l'une de ses mèches. Mais en la regardant d'un peu plus près, j'ai découvert que ma défaillance de l'autre fois était encore présente à son esprit. Et peut-être même avait mûri de façon inquiétante.

— Je parle sérieusement, a-t-elle repris. C'est quand même terrible que chaque fois qu'on cherche à vous aider, on soit accueilli de cette manière... !

J'ai profité de cet instant où nous étions seuls pour l'attirer contre mon épaule. Je l'ai sentie plus nerveuse que d'habitude, plus curieusement serrée contre moi qu'au cours de nos étreintes au grand jour. Je n'ai pas jugé utile de lui demander si tout allait bien de son côté. Je me suis écarté d'elle avant que Thomas ne vienne m'annoncer qu'Eileen MacKeogh pêchait à la mouche à l'âge de treize ans. Il me regardait fixement, comme s'il avait pris un coup sur la tête

— Et alors... ? ai-je fini par l'interroger.

— Comment ça, « et alors ? »... ! s'est-il esclaffé. Est-ce que tu en connais beaucoup... ? Eh bien moi, elle est la première que je rencontre... ! Et elle s'y entend, tu peux me croire. Essaie d'imaginer une gosse de treize ans pratiquant ce genre d'exercice. Tu vois un peu... ?

Pendant qu'il me parlait, je l'ai aperçue qui sortait sur la terrasse. Jackie est allée à sa rencontre. Thomas a secoué la tête en regardant le ciel.

— Ah ! Je l'aurais bien emmenée, histoire de nous amuser un peu, mais ça ne vaut plus vraiment le coup, il commence à faire sombre...

Il a plissé les yeux, le menton pointé en l'air comme s'il tentait de percevoir le soufflement de la rivière en contrebas.

Nous nous sommes rapprochés des deux femmes et avons pris place à leurs côtés, sur le rebord de la terrasse. La brume descendait sur le flanc de la montagne, puis s'étalait en bleuissant la vallée. L'ombre noire des sapins s'y engloutissait ou la perforait comme des vrilles immobiles. Le ciel était mauve, presque sans nuages. Durant un instant, chacun de nous a observé les environs, les bras croisés autour des genoux, la mine songeuse, dans un parfait alignement. Puis Jackie a dit à sa voisine qu'à la tombée du soir, cet endroit l'oppressait et qu'elle n'avait jamais pu s'y habituer. Pour plaisanter, Thomas a déclaré qu'elle éprouvait la même sensation dans un embouteillage en plein centre-ville.

— Épargne-nous tes réflexions stupides..., a-t-elle répliqué aussitôt. Tu ne fais rire personne.

La plupart du temps, Thomas comprenait vite qu'un repli était préférable. Il avait une assez bonne connaissance des humeurs de Jackie et m'avait souvent étonné de ses talents de chirurgien pour désamorcer une bombe que beaucoup d'hommes se seraient fait péter à la figure. Quoi qu'il en soit, et comme s'il défendait l'honneur de la pêche au lancer, il a refusé de lâcher prise.

— N'empêche que c'est la vérité, reconnais-le..., a-t-il insisté. Tiens, pas plus tard que la semaine dernière, les enfants étaient là...

— Bon, maintenant, *est-ce que tu la fermes, s'il te plaît...* ? !

Elle s'est levée d'un bond, l'espace tout électrisé autour d'elle, puis a disparu à l'intérieur. Thomas a baissé la tête avec un ricanement. Au bout d'une minute, il a décrété que le monde ne s'était pas écroulé et qu'il n'était pas interdit de boire un verre. Nous ne devions pas bouger, d'après lui, car il revenait aussitôt. « À moins que ma chère femme ne me demande le divorce... », a-t-il blagué à l'adresse d'Eileen MacKeogh dont je me trouvais à présent séparé par un grand vide.

Les lumières de la maison commençaient à tomber sur nous, à mesure que le crépuscule avançait. J'ai fini par lui demander si elle n'avait pas froid pour ne pas qu'elle s'imagine que je l'avais oubliée. Elle n'avait pas froid du tout. Je n'avais pas très envie de parler, eu égard à l'Envoyé du Diable qui croupissait dans la chambre et occupait une partie de mon esprit, mais je ne voulais pas qu'elle me prive de sa compagnie. Je ne savais pas pourquoi cette femme avait un effet apaisant sur moi, chose que je vérifiais une fois encore et que je déterminais avec plus de précision. Je ne croyais pas qu'une poignée de malheureux kilos superflus fût la niaise origine de cette impression plus ou moins vague de soulagement que je ressentais à son contact, ou même lorsque je pensais à elle. Je ne croyais rien du tout. J'examinais ce phénomène inexplicable sans me poser davantage de questions qu'un chien devant un os. Et puisque je ne voulais pas qu'elle s'envole et que la température ne venait pas à mon secours, j'ai bien dû relancer la conversation d'une manière ou d'une autre.

— Vous savez... Enfin quoi, d'ordinaire, l'ambiance est beaucoup plus agréable... Nos balades ne sont pas toujours des rodéos et la plupart de nos soirées se déroulent dans la bonne humeur générale... Croyez-moi, c'est la vérité...

Elle a souri en renversant le buste en arrière, en appui sur ses deux bras tendus.

— Et puis, ai-je poursuivi, nous avons décidé de ne pas vous donner le meilleur d'un seul coup. Nous voulons en garder pour les prochaines fois...

Je n'arrivais pas à être drôle et je le savais. Son air n'avait pas changé mais j'étais certain qu'elle ne m'écoutait plus, qu'un papillon de nuit ou la chute d'une aiguille de pin l'intéressait deux fois plus.

— Vous tombez au mauvais moment..., ai-je repris un ton au-dessous. Je suis désolé pour vous.

— Ne vous inquiétez pas pour moi. Ce sont des choses qui arrivent...

— Ils vous trouvent épatante, vous savez... Laissez-leur le temps de vous le montrer.

Au moment où je me suis aperçu que je parlais trop, Thomas nous a apporté nos verres et a repris sa place entre nous. Je n'ai donc pas pu voir si mes paroles avaient eu un effet quelconque sur Eileen MacKeogh, mais avais-je envie de le savoir ?

Je suis allé m'occuper des champignons avec les deux autres. Jackie était en train de confier à Marc, dont l'attention vacillait, que Thomas l'exaspérait de plus en plus fréquemment et qu'elle craignait qu'ils ne soient sur une pente savonneuse. M'avisant, elle m'a demandé s'il était retourné faire le malin devant cette fille.

— Mon Dieu... ! a-t-elle soupiré. Faites qu'elle puisse nous en débarrasser pour un moment... !

J'ai croisé le regard de Marc tandis que je m'asseyais à la table où ils brossaient les cèpes. Jackie s'est levée une seconde pour prendre un torchon. « Ça va aller... », ai-je glissé à Marc qui rongeait son frein, accoudé avec le menton dans la paume et les doigts repliés contre la lèvre supérieure sur laquelle il pianotait doucement. Jackie est revenue pour nous donner quelques informations sur la lente et inexorable détérioration du couple au travers desquelles Thomas ne se taillait pas la meilleure part.

Sur ce, Thomas et Eileen sont rentrés. Il était encore un peu tôt pour manger, mais Marc a déclaré qu'il était temps de mettre la table. Je suis sorti pour aller chercher du bois. J'espérais que Marc en profiterait afin que nous puissions convenir d'une attitude commune pour nous débarrasser des autres aussitôt le repas terminé. Mais c'est Thomas qui a surgi à mes côtés. Il a allumé une cigarette, tirant de l'ombre un visage aux traits illuminés par ce qui semblait être un bonheur extatique.

— Bon sang ! Mais où l'as-tu dénichée... ? ! a-t-il murmuré en soufflant la fumée vers le ciel presque noir. Enfin une femme qui sait nous écou-

ter et qui a des choses intéressantes à raconter... !
Je pensais que le moule était cassé, ma parole... Et
si tu réfléchis bien, il suffit de pas grand-chose...
Ah ! je me demande depuis combien de temps je
n'ai pas parlé à une femme. Dix ans ! Vingt ans ?
Je ne sais même plus... Ce sont des choses qu'on
finit par oublier avec le temps et qu'on ne croit
plus indispensables... Tu sais, ça ne m'étonne pas
qu'elle aime pêcher, je l'ai senti tout de suite... Ah,
dis donc, ça fait du bien, je te prie de me croire...

Lorsque j'ai jugé qu'il en avait terminé, je me
suis mis à attraper quelques bûches.

— Mince alors ! a-t-il lâché. C'est tout ce que
tu trouves à dire... ? !

Je lui ai jeté un coup d'œil, sans m'interrompre
dans ma tâche.

— Allons bon... ! Patrick, qu'est-ce qui ne va
pas ?

Je l'ai planté devant le tas de bois. Il m'a rattrapé
au bout de quelques mètres et m'a accompagné
avec la bouche ouverte, mais rien n'en sortait.

— Je vous connais, Jackie et toi, depuis assez
longtemps..., lui ai-je confié tout en marchant et
sans prendre la peine de le regarder. Alors je ne
veux pas entendre tes histoires. Fais ce que tu veux,
mais ne viens pas me le raconter.

— Mais qu'est-ce que j'ai fait... ? ! Qu'est-ce
que tu vas imaginer... ? !

Je me suis arrêté une seconde.

— Bon ! Très bien ! J'ai besoin de savoir quelque chose... Regarde-moi et réponds-moi : *est-ce
que tu es prêt à tout... ?*

— À tout quoi... ?

La liste était si longue que je n'ai pas eu le courage de l'entamer.

— Écoute, ai-je soupiré. Tu veux un conseil ? Regarde bien le jeu que tu as en main avant de te lancer. Et si tu crois que tu as quelque chose à perdre, ne viens pas gesticuler au bord.

— Attends une minute... Envisageons un autre cas de figure. Celui où miser peu rapporte gros...

Il a plissé les yeux pour se donner un air futé. Je n'ai pas pu m'empêcher de lui sourire.

— Tu as l'âme d'un joueur du dimanche..., lui ai-je déclaré avant de me remettre en route.

J'ai reçu quelques gouttes d'eau sur la tête, juste au moment où j'entrais. C'était si inattendu que j'ai reculé de deux ou trois pas pour regarder le ciel. Mais il était si sombre que je n'ai pas pu voir s'il y avait des nuages.

J'ai dit à Marc qu'il commençait à pleuvoir et que sa voiture était décapotée. Jackie et lui ne m'ont pas cru, sur le coup, car le temps était encore clair un instant plus tôt. Puis, de la terrasse, Thomas a crié pour qu'on vienne l'aider à ôter les coussins des sièges. Marc et Jackie sont sortis.

J'ai posé le bois près de la cheminée. Eileen examinait des livres sur les rayons de la bibliothèque. Je lui ai dit qu'en montagne, le ciel pouvait tourner rapidement.

CHAPITRE TROIS

(Où Patrick Sheahan donne sa chemise)

À présent, c'étaient de grosses gouttes qui s'écrasaient sur la terrasse. Elle m'a répondu que la pluie ne la gênait pas et qu'elle s'accommodait de tous les temps, soleil ou pluie, été ou hiver, avec le même plaisir. Elle tenait à la main un livre qu'elle m'a recommandé avant de le replacer dans les rayons, mais je l'avais déjà lu. Puis elle a levé les yeux vers le toit car le crépitement de la pluie s'amplifiait.

— Ça n'est pas près de s'arrêter, vous savez...

— Non, ça ne va pas durer, ai-je affirmé.

En la regardant, je me suis souvenu des trombes d'eau qui balayaient la ville lorsqu'elle avait frappé à ma porte pour la première fois. J'ai failli plaisanter à ce propos et lui déclarer que si le mauvais temps venait s'ajouter à l'humeur des convives, elle aurait tout eu. « Seriez-vous poursuivie... », ai-je commencé. L'entrée bruyante des trois autres m'a coupé dans mon élan.

Ils ont empilé les coussins et se sont secoués devant la porte. J'ai réagi assez vite. En tout cas davantage que Marc qui continuait de danser sur place.

— Bon, alors ne bougez pas ! leur ai-je ordonné. Il n'y a plus de serviettes en bas, je vais vous en chercher... !

Je suis monté à l'étage. J'ai pris un paquet de serviettes dans la salle de bains du haut. Je les leur ai lancées de la mezzanine pour aller plus vite. Quand je suis arrivé en bas, Marc a cessé de se frotter la tête pour me glisser un coup d'œil hébété. Mais je n'ai pas eu le temps de jouir de ma présence d'esprit car Thomas se dirigeait à grands pas vers la chambre. Je n'ai rien pu faire pour l'en empêcher. Pas même prononcer un mot avant qu'il n'ait commencé à manœuvrer la poignée en tous sens et avec une prompte nervosité. Sur cette action, c'est Marc qui est intervenu :

— Je te remercie, Thomas..., lui a-t-il lancé avec un certain calme. Mais si nous avions voulu la démolir, nous l'aurions déjà fait.

— Il n'y a pas la clé... ?

— Comme tu vois..., il n'y a pas la clé, a répondu Marc en souriant. Mais peut-être que nous pourrions nous occuper de ce problème un peu plus tard. À moins que tu ne veuilles commencer à la chercher dès maintenant, elle doit bien se trouver quelque part...

Après quoi, il s'est désintéressé de lui et a suivi Jackie vers la cheminée. Ce que voulait Thomas, c'était un séchoir à cheveux. Je l'ai envoyé à l'étage.

— Décidément, a dit Jackie, je ne sais pas ce qu'il a, ce soir...

Marc a levé les yeux en l'air, puis il a filé vers la porte d'entrée pour inspecter les ténèbres du dehors qui crépitaient de plus belle. Il en est revenu avec un air soucieux. Je comptais m'installer avec Jackie et Eileen pour boire un verre mais il a déclaré que lui et moi allions nous occuper des champignons, que nous en faisions notre affaire.

Dès que nous nous sommes penchés sur la cheminée, le dos tourné aux deux femmes qui se réjouissaient d'avance de goûter notre cuisine, Marc s'est mis à grogner entre ses dents :

— Nous perdons le contrôle de la situation... ! Où allons-nous, comme ça... ? !

Je me suis écarté des flammes avec une grimace.

— Nous avons du temps devant nous..., lui ai-je glissé à l'oreille. On verra bien.

Je me suis relevé avec difficulté, à cause de mon genou. J'ai pensé que l'humidité y était peut-être pour quelque chose. Eileen me regardait à ce moment-là, ce qui était bien ma chance. Je suis arrivé en boitant jusqu'aux fauteuils.

— Oh, Patrick... Encore ce malheureux genou... ? a deviné Jackie.

Je me suis incliné maladroitement vers la table basse pour attraper mon verre. Thomas est arrivé avec une humeur de pinson, armé d'un brushing impeccable. Jackie a pivoté vers nous pour lui offrir son dos.

— Mais aussi, ne viens pas te plaindre..., m'a-t-elle affirmé. Je ne peux pas me soigner à ta place. (Et s'adressant à Eileen :) Je lui ai proposé quelques séances de massage et je l'attends toujours... J'ai une huile qu'on trouve difficilement et qui n'est fabriquée qu'au Japon, dans la région du Setouchi, au bord de la mer Intérieure...

— ... et qui vaut son poids en opium... ! a plaisanté Thomas. Toutes nos économies y passent. Les autres cadres de la Camex ont des actions en Bourse, et nous, nous collectionnons ce qui se fait de plus étrange dans la pharmacopée de la planète. Franchement, Patrick, on aimerait que tu fasses un effort... !

— On ne te demande pas ce que tu dépenses pour ton attirail, a répliqué Jackie en nous regardant, Eileen et moi.

— Ça, je reconnais que je suis un passionné ! Mais peu de gens sont capables de le comprendre, n'est-ce pas, ma chérie...

Elle s'est aussitôt tournée vers lui :

— Dis-moi, Thomas, *est-ce que tu me cherches...* ? !

Il s'est penché pour attraper une pincée de cacahuètes, les a examinées dans le creux de sa paume avant de les enfourner.

— Mais bien sûr que non... ! a-t-il prétendu. Je te trouve bien nerveuse...

— C'est toi qui m'énerves !

— C'est peut-être moi qui t'énerve, mais lorsque nous avons réglé tes dernières commandes de ce mois-ci et tes deux stages de bio-je-ne-sais-plus-quoi et de thérapie psychocorporelle, tu ne me trouvais pas si emmerdant que ça, il me semble...

— Ah, nous y voilà... ! Bien sûr, tout est une question d'argent, pour toi... Ta seule ambition est de posséder quelques petites économies à la banque, et ça ne va pas plus loin, tu n'as même pas l'ambition d'être riche, ce qui serait déjà plus drôle... Non, toi tu es dans l'optique du cadre moyen, ton horizon se satisferait d'une boîte à chaussures remplie de billets pour te sentir pareil à cette bande d'imbéciles. Mais tu leur ressembles bien, rassure-toi... Mon pauvre, tu es d'un ennui mortel !

Il a avalé une nouvelle poignée de cacahuètes en ricanant. Jackie et lui s'accrochaient ainsi environ cinq ou six fois par an, de préférence — et sans qu'on comprît bien pourquoi — lorsqu'ils étaient en présence de personnes étrangères. Ils n'hésitaient pas à troubler une fête ou un simple repas avec leurs histoires, quand ils n'entraînaient pas les autres dans des discussions dont l'aigreur était le moindre mal. Marc et moi n'étions pas un public qui les inspirait et ils nous auraient épargné cette scène si Eileen n'avait pas été là. Le temps nous l'aurait-il permis, je serais sorti avec elle et leur numéro se serait effondré comme un soufflé arraché du four. Mais derrière les fenêtres, la pluie formait un véritable mur d'eau, dense et aussi profond qu'une rivière qui aurait enjambé le toit.

— Enfin... montre-lui ton genou. Ça la calmera un peu..., m'a conseillé Marc en se levant.

Je n'ai rien répondu, pour ne pas envenimer les choses. D'ailleurs, Jackie a posé sa main sur la mienne, ce qui signifiait que je devais ignorer son comique de mari. J'ai retiré ma main, de peur qu'Eileen ne se méprenne.

— Eh bien, mes enfants..., a soupiré Jackie, si nous avions pu imaginer un tel déluge... ! Eileen, vous voulez un conseil... ? Ne vous mariez pas. En fait, ce qu'ils attendent de nous, c'est de pouvoir retourner tranquillement à leurs petites manies avec le sentiment d'avoir accompli leur tâche. En ce moment, on entend dire partout qu'ils sont faibles et fragiles, ou à la recherche de leur iden- tité... (Elle a ri.) Mais c'est une idée stupide. Ils sont peut-être un peu fragiles, vus de l'extérieur et sur quelques centimètres, mais en dessous ils sont noirs, durs comme de la pierre et repliés sur eux comme de vieilles femmes aigries et sourdes à tout ce qui ne les concerne pas. En dehors d'une poi- gnée d'imbéciles tout juste bons à sucer leur pouce et à traîner leurs fesses dans les journaux, ils n'en ont rien à fiche de leur soi-disant « identité » et qu'elle soit vacillante ou non. Ils nous laissent nous amuser avec ça et continuent de se caresser le ven- tre, n'est-ce pas mes chéris... ? ! Oh, bien sûr, de temps en temps, ils nous font la cuisine... Et ça commence à sentir bon, il faut bien l'admettre.

Elle s'est levée à son tour pour rejoindre Marc et Thomas qui s'affairaient devant la cheminée. J'ai fixé Eileen une seconde et je lui ai dit que je n'arrivais pas à croire que nous nous soyons ren- contrés à la suite d'un faux numéro dans le journal.

— Je suppose que ça doit arriver tous les jours..., m'a-t-elle répondu avec un sourire.

J'ai secoué la tête sans être convaincu.

— Non, c'est tout à fait étrange... Vous êtes apparue à un moment bien précis. Enfin en ce qui me concerne..., par rapport à ma vie... Il faudra que je vous explique ça, un de ces jours.

— C'est la deuxième fois que vous remettez vos explications à plus tard...

Elle avait raison. J'agissais comme si j'étais persuadé qu'il existait une autre rive. Or, c'était la question que je ruminais depuis longtemps.

— C'est qu'au fond, je ne suis pas convaincu de leur utilité, ai-je biaisé. Mais je vous en parlerai. Une autre fois. Et quand l'instant sera mieux choisi... si ça vous amuse toujours.

Quand Thomas a posé la main sur mon épaule, j'ai eu la sensation qu'il m'arrachait du beau milieu d'une étreinte, coupait court à un coït bien avancé. Un éclair m'a traversé de part en part.

— Méfiez-vous de cet animal... ! a-t-il déclaré à l'adresse de la jeune femme. Il est capable de vous montrer ses cicatrices pour vous apitoyer sur son sort... !

J'en avais encore mon verre qui tremblait entre mes doigts lorsque sa deuxième main s'est abattue sur mon autre épaule. Il a fait le singe au-dessus de moi.

— Croyez-moi, Eileen... Et pour ce qui est de la pêche, ce gars-là est plutôt du genre à vous jeter des cailloux dans l'eau... !

Les champignons étaient prêts. Nous sommes passés à table. Jackie avait sorti les sandwiches et les parts de gâteau de leurs feuilles d'aluminium et les avait gentiment arrangés sur des plats. Il y avait aussi des radis, des œufs durs et du fromage pour égayer notre repas que coloraient une nappe et des assiettes aux motifs mexicains et des verres dépolis, teintés dans la masse, que Marion et moi avions rapportés d'Italie et qu'elle m'avait forcé à garder sur mes genoux dans l'avion — c'était d'ailleurs à ce sujet que nous avions eu notre première dispute et ces verres représentaient pour moi le premier accroc dans notre combinaison de survie.

En débouchant une bouteille, Thomas s'est inquiété de l'état de nos réserves. Marc l'a assuré que nous tiendrions facilement jusqu'à la fin du repas, qu'il y avait ce qu'il fallait dans l'arrière-cuisine.

— Enfin, je veux dire..., a repris Thomas, si nous restions coincés ici toute la nuit...

Marc a blêmi. Il lui a décoché un regard fulgurant que l'autre n'a pas remarqué, tout occupé à ouvrir la bouteille. J'ai pensé qu'il allait exploser et sortir de table en renversant sa chaise, mais il s'est vite contrôlé et comme Jackie tendait un plat à Eileen, personne ne s'est aperçu de quoi que ce soit.

— Ne crains rien..., a-t-il fini par articuler. Vous n'allez pas rester coincés ici. La pluie ne va pas durer pendant des heures, Dieu merci...

— Bah, Patrick est d'avis qu'il faut être prêt à tout.

— Oui, c'est un précieux conseil. Mais ce n'est pas ce soir que tu pourras le vérifier...

— ... ce qui ne veut pas dire que tu doives l'oublier, a poursuivi Jackie. On ne sait jamais...

— Oh ! Oh !..., a répliqué Thomas en versant le

vin dans nos verres. Y aurait-il quelque chose qui me pendrait au nez... ?

— Je n'en sais rien. C'est à toi de le savoir... Après tout, ce n'est pas du bout de mon nez qu'il est question.

— Fameuse, cette tarte à l'oignon... ! ai-je déclaré.

— Je te remercie, Patrick. Tu es gentil.

— Ah, celui-là... ! a gémi Thomas. Il sait s'y prendre avec les femmes... !

Les champignons nous ont cloué le bec. Ils étaient délicieux. Pour une fois, tout le monde est tombé d'accord. Dans la foulée, Eileen s'est laissé persuader de nous préparer un repas irlandais, un soir de la semaine prochaine. Marc savait où trouver une certaine marque de bière dont ils ont parlé un instant tandis que j'admirais tranquillement son profil. Thomas et lui se sont proposé de l'accompagner en ville pour lui indiquer les meilleurs endroits susceptibles de lui fournir des ingrédients particuliers.

Nous nous sommes transportés avec nos assiettes et nos verres en direction de la table basse et des fauteuils pour manger notre gâteau à la confiture d'églantines. À l'occasion de ce bref remue-ménage, Thomas et moi avons mis un pied dehors, sous la maigre avancée du toit. Devant la violence de la cataracte qui nous vaporisait la pluie au visage, Thomas a dit : « Ouh la la... ! », la tête rentrée dans les épaules. Au-delà de la terrasse, on distinguait avec peine l'esplanade inondée dont la surface repoussante vomissait un lugubre et arrogant reflet.

Marc préparait du café. Je suis allé le prévenir que nous devions prendre notre mal en patience. Il en a convenu avec une grimace, tout en ajoutant qu'il était décidé à les flanquer dehors, « même si les arbres s'effondraient en travers du chemin », car il arriverait un moment où nous ne pourrions plus reculer. Je ne voyais pas très bien à quoi nous reconnaîtrions cet instant particulier, mais je lui ai donné mon accord.

Comme il revenait avec une nouvelle bouteille à la main, Thomas nous a avertis qu'il y avait une infiltration d'eau dans l'arrière-cuisine. Aussitôt sur les lieux, nous n'avons pu que constater le regrettable phénomène auquel nous ne pouvions pas grand-chose. Le terrain s'élevait en pente rude au dos de la maison et l'on imaginait très bien ce qui se passait. Nous avons même appliqué la main sur le mur pour vérifier qu'un fort ruissellement venait s'y heurter et qu'il faudrait prévoir un drain par la suite. Quoi qu'il en soit, nous avons jeté un tas de serpillières et autres chiffons en pâture à la négligeable montée des eaux que d'un doigt sur l'interrupteur nous avons plongée dans le noir.

Avons-nous, de la sorte, commis une offense ? Toujours est-il que dans la minute qui suivait, l'électricité a été coupée. Mais ce genre d'incident survenait assez souvent en montagne, dès que le temps se déréglait, si bien que la coïncidence a été sujette à plaisanterie. D'autant que nous avions des tonnes de bougies en réserve, sans compter les torches, les lampes électriques et les piles, les lampes à gaz avec leurs recharges, les briquets et les allumettes. De ce côté-là, nous aurions pu tenir un siège. Nous avons donc allumé des bougies un peu partout, sans regarder à la dépense, et Jackie s'est demandé pourquoi nous n'y avions pas songé plus tôt. Puis elle a ôté ses chaussures et s'est installée sur le canapé en adoptant une pause qui la mettait à son avantage. Et elle a invité Eileen à prendre place à ses côtés, dans un but qui m'a paru évident.

— Et si vous nous parliez un peu de vous... ? a lancé Jackie avant de porter la tasse de café à ses lèvres. Mon Dieu, vous êtes si mystérieuse...

Eileen a ri de bon cœur :

— Si vous voulez, mais je ne crois pas que cela puisse vous intéresser... Je n'ai rien de mystérieux, vous savez, je suis la personne la plus transparente qu'il soit possible d'imaginer...

— Allons donc... ! a repris Jackie en plissant les yeux. Ne soyez pas si modeste... Ou nous finirons par penser que vous nous cachez quelque chose, vous voilà prévenue...

Avec le sourire, Eileen s'est penchée pour prendre un morceau de sucre supplémentaire.

— Vous croyez que tout le monde a quelque chose à cacher... ? a-t-elle répliqué sur un ton innocent.

Jackie a ri à son tour. Elle a tendu sa tasse à Marc qui nous rejoignait avec une cafetière pleine tandis que Thomas déposait des bouteilles d'alcool sur la table.

— Est-ce que quelqu'un ici a quelque chose à

cacher... ? a-t-elle demandé à la ronde, le visage illuminé par un air de franche gaieté.

Puis comme son regard avait choisi de m'épargner, avait glissé sur Thomas et venait de se fixer sur Marc qui avait le malheur de se trouver en bout de course, celui-ci a fini par lever les yeux sur elle.

— Eh bien, si c'est le cas, lui a-t-il répondu, tu n'es sans doute pas la dernière...

Elle n'a pas apprécié.

— C'est méchant, ce que tu dis là, tu sais...

— Mais non, ce n'est pas méchant..., a soupiré Marc. Mais qu'est-ce que tu cherchais... ?!

— Rien du tout ! Alors excuse-moi si tu t'es senti visé...

— C'est qu'on ne sait jamais, avec toi.

Elle a allumé une cigarette et en a soufflé la fumée avec force. Ce n'était pas très bon signe.

— Eh bien toi, au moins, tu me connais mal..., a-t-elle sifflé entre ses dents avec un œil noir.

Il a secoué la tête :

— Bon Dieu, Jackie... ! Tu sais très bien ce que j'ai voulu dire...

Elle n'en avait pas l'air. Penchée en avant, elle s'est employée à écraser sa cigarette. Des étincelles ont volé de tous les côtés.

— Je t'en prie ! Je n'ai pas besoin que tu me fasses un dessin... !

Il s'est installé sur le bras d'un fauteuil, a fermé un instant les yeux en se tenant la racine du nez entre le pouce et l'index. L'effort qu'il accomplissait était parfaitement perceptible.

— Écoute-moi, Jackie..., a-t-il démarré, les

sourcils froncés. Si je n'ai pas voulu vous rejoindre aux sources comme tu t'en es aperçue, c'est que je ne me sentais pas très bien. J'ai pas mal de soucis, en ce moment, j'espère que tu t'en rends compte. Alors j'aimerais bien que tu ne te mettes pas à me faire une scène pour une parole qui m'a échappé, dont je te demande de m'excuser et surtout, **surtout quand tu sais parfaitement bien que ni toi ni moi n'en croyons un traître mot, nom de Dieu... ! !**

Thomas s'est penché vers Eileen, une main près de la bouche, comme pour une confidence :

— On ne le croirait pas, mais son mari, c'est moi..., a-t-il affirmé.

Jackie lui a accordé un coup d'œil glacé avant de reprendre avec Marc.

— Eh bien, j'ai également mes soucis, figure-toi. Tu n'es pas le seul à constater que la vie n'est pas aussi rose qu'on l'avait désirée. Mais ce n'est pas en t'en prenant à moi que les choses iront mieux. Tu connais mes sentiments pour Gladys et la peine que j'éprouve de la savoir dans cet état. Quant à tes problèmes avec l'usine, je n'y peux pas davantage.

— Tu appelles ça *des problèmes...* ? ! a ricané Marc. Une petite contrariété, tout au plus... Mais nom d'un chien ! est-ce que tu sais que nous avons l'Environnement sur le dos et que cette fois, ils ont l'air décidé à avoir notre peau... ? !

— Ça, il fallait s'y attendre..., est intervenu Thomas. Ils rigolent de moins en moins avec la pollution.

Marc a secoué la tête.

— Et toutes ces saletés qu'on déverse dans la tête des gens, à longueur de journée...?! Est-ce qu'on a créé un organisme pour s'y intéresser d'un peu plus près...?! On entend des discours qui polluent autrement que toutes les usines du pays réunies...!

— Ce n'est pas une excuse..., a déclaré Eileen.

Elle n'avait pas élevé la voix, mais le ton était si ferme que nous avons tous été surpris.

— Non, ce n'est pas une excuse..., a soupiré Marc. Mais pour vous résumer la situation, disons que la moitié de la ville se retrouverait au chômage si jamais la Camex devait fermer ses portes. Et on ne soigne pas un mal par un autre mal. Il n'y a pas de solution rapide et indolore à ce genre de situation. Je crois que nous sommes coincés, et c'est à l'échelle de la planète tout entière. Vous savez, il y a des gens qui sont désespérés et qui doivent se battre pour préserver un salaire tout juste bon à nourrir leur femme et leurs enfants. Eh bien, il arrive que ces gens-là travaillent dans des usines qui produisent des canons, des missiles ou tout ce que vous pouvez imaginer de plus terrible... Vous croyez qu'il suffit de mettre les patrons en prison...? Ou que des fabriques de jouets en bois viendront remplacer ces usines pour donner du travail à tout le monde...? Je ne sais pas ce qu'il faut faire. Peut-être que nous sommes allés trop loin et qu'il est trop tard pour reculer, ce n'est pas impossible. Mais sincèrement, croyez-vous que ce

soit par pure imbécillité qu'ils ont réouvert Tcher-
nobyl... ?

À ce moment précis, nous avons entendu un fort
grincement en provenance du dehors, aussitôt suivi
par un couinement aigu. Intrigués, nous sommes
allés voir ce qui se passait et avons assisté à la chute
de la gouttière, côté nord, en conservant nos verres
à la main. Nous sommes restés un instant alignés
contre la façade. « Toute cette eau, ça commence
à devenir inquiétant... », a trouvé Jackie, bien
qu'elle eût l'air de penser à autre chose. Thomas
a calculé que la Sainte-Bob avait bien dû monter
d'un mètre. Marc a répondu que c'était une bonne
chose, qu'une bonne crue nettoierait tout sur son
passage. Quant à Eileen, elle a essayé de nous
entraîner sous l'averse. En trois pas, elle s'était installée sous la pluie et semblait y prendre un plaisir
qu'elle désirait nous faire partager. Mais tout le
monde s'est dégonflé.

Jackie a étendu ses affaires devant la cheminée
pendant qu'elle se séchait à l'étage. Thomas continuait de remplir nos verres et Marc jetait des coups
d'œil anxieux vers la porte où l'inspecteur était
enfermé. On aurait dit que l'absence d'Eileen nous
avait réduits au silence et abandonnés dans nos
impasses respectives. Chacun de nous savait qu'on
aurait pu nous presser tous les quatre ensemble
sans obtenir une petite goutte de lumière ou de
quoi que ce soit susceptible de nous donner une
raison de nous acharner. Il y avait très longtemps
que nous en étions arrivés là, il était difficile de
dire à quel moment cette ombre s'était abattue sur

nous, mais nous étions sonnés. Nous ne manquions de rien mais nous étions démunis de tout. Je n'arrêtais pas d'y penser depuis la mort de Viviane, depuis que cette sensation de solitude s'était avérée dans les faits. J'avais pris conscience que ma vie s'était arrêtée quelque part, je ne savais où, et que j'avais survécu jusque-là. Malheureusement, cette illumination ne m'avait pas donné le coup de fouet nécessaire et je n'aurais pas été surpris qu'en en parlant aux autres, ils m'eussent répondu avec un soupir que nous en étions tous au même point. Peut-être que la lucidité était la chose du monde la mieux partagée.

Thomas m'a tiré de mes réflexions en s'accroupissant devant la cheminée. Les deux autres et moi étions retournés à nos fauteuils et comme il s'imaginait n'être pas observé, il a enfoui son nez dans ¹a laine encore humide du cardigan d'Eileen. Il devait sans doute regretter qu'elle n'ait pas confié à Jackie sa culotte et son soutien-gorge, mais il a tout de même eu un sourire satisfait qui s'est illuminé à la lueur des flammes. Occupé qu'il était, ses oreilles ne devaient pas siffler malgré les propos que Jackie tenait à Marc en ayant soin de ne pas élever la voix. Elle était revenue à la charge et lui confiait à quel point lui et moi comptions pour elle et que nos relations étaient ce qu'elle avait de plus précieux. Je ne savais pas si elle sous-entendait *après* Thomas, mais il devenait évident pour moi, qui me passionnais depuis quelque temps pour ce dossier, qu'elle aussi commençait à quitter sa route et s'engageait sur un chemin qui se rétrécissait et allait la perdre après l'avoir amenée à tourner en rond. Y avait-il un moyen d'y échapper ? Était-ce une dérisoire et simple lutte contre les symptômes d'une vie déjà bien entamée ? Risquait-on d'attraper une hernie inutile et stupide à force de vouloir repousser l'inéluctable ? Et ce faisant, ne se compliquait-on pas bêtement les choses... ?

À les regarder, l'idée m'est venue qu'ils couchaient peut-être ensemble. Au fond, ça n'avait rien d'impossible, bien qu'ils ne me l'eussent jamais laissé entrevoir ni l'un ni l'autre. Et souriant à part moi, j'ai éprouvé de la sympathie pour le geste de Thomas qui continuait de renifler les vêtements de notre Irlandaise, tout heureux que sa femme fût plongée dans une conversation quelconque et providentielle. J'ai trouvé que nous étions parfaits.

J'ai déplié mon genou douloureux et allongé ma jambe sur la table basse. Puis j'ai attendu qu'Eileen apparaisse et je l'ai observée tranquillement tandis qu'elle descendait du premier. Bien qu'elle eût surpris mon attitude, je ne me suis pas attardé à la fixer dans les yeux mais l'ai considérée tout entière, avec le plus grand intérêt. Elle avait enfilé un pull que Marc lui avait prêté et un vieux pantalon de chasse qui n'avait pas été étudié pour la mettre en valeur. Or, souffrait-elle de cet accoutrement ridicule ? Pas une seconde ! et je me suis penché pour saisir mon verre en me frottant vigoureusement les mains.

Il n'était pas tard, à peine dix heures du soir. Marc a déclaré qu'il se sentait fatigué. Thomas a prétendu qu'il pouvait confectionner un café à réveiller un mort. Marc a refusé en poussant un bâillement si exagéré qu'un très mauvais acteur l'aurait aussitôt intégré à son registre. Pour ce qui me concernait, mes inquiétudes et grimaces du début n'étaient plus aussi franches. Je n'avais pas la moindre idée de la manière dont nous allions nous sortir de cette histoire et telle que la situation évoluait, nous avions plutôt tendance à nous y enfermer. Mais je ne sentais plus le souffle de l'urgence me passer dans le cou. J'ai eu l'occasion de glisser à Marc que nous devions renoncer à l'idée de les jeter dehors par ce temps. Il m'a grincé à l'oreille que c'était ce que nous allions voir.

En attendant, il est allé chercher des cigares dans sa veste. Il ne les a pas trouvés tout de suite, a dû fouiller toutes ses poches ainsi que celles de son imperméable avec une mauvaise humeur évidente. Jackie a dit qu'il se faisait trop de souci et qu'elle songeait à une boisson composée de ginseng, de racines de Bai Zhu et de Chuan Xiong, ainsi que de polypores, le tout enrichi de gelée royale et de vitamine E. Eileen penchait pour un potage à la crème de carotte et d'orange que sa mère lui préparait lorsqu'elle était fatiguée, à condition qu'il en bût trois bons litres dans la journée. Thomas s'est aussitôt intéressé à ce breuvage étrange et s'est assis à côté d'elle pour apprendre les détails de sa fabrication. J'ai pensé qu'il faudrait que je lui demande s'il avait remarqué l'odeur particulière qui se dégageait d'elle lorsque l'on se tenait si près.

— Vous savez, Eileen, a déclaré Jackie, ne vous

gênez pas pour l'envoyer promener... Il devient vite très collant au bout de quelques verres...

Il s'est redressé, a étendu ses deux bras sur le dossier et a renversé la nuque pour sourire au plafond.

— Ah, Jackie... ! Tu es vraiment terrible avec moi... ! a-t-il murmuré. Et je te trouve tellement gonflée de faire ce genre de remarque, si tu savais... !

Il a continué d'inspecter le plafond avec un air bienheureux, comme s'il voyait s'y dérouler un film drôle. Jackie a feint de se désintéresser de l'incident. Elle devait hésiter à se laisser entraîner sur un terrain qu'elle-même avait miné de long en large.

— Je regrette que tu me prennes pour un aveugle ou un imbécile..., a-t-il ajouté. C'est toujours un tort de sous-estimer les autres, mais dans ton cas, cela provient d'une si navrante faculté de jugement qu'on a envie de te pardonner.

— Oh, s'il te plaît, Thomas... ! a-t-elle frissonné d'ennui. Épargne-nous le numéro du ténébreux incompris, par pitié... ! Je suis désolée pour toi que tu ne sois pas le centre du monde, mais il faut bien t'y faire... Enfin, regarde-toi, voyons... !

J'étais moi-même en train de le regarder, justement. Et j'ai vu une goutte d'eau lui exploser sur le front, puis une autre avant qu'il ne bondisse du canapé.

Nous avons dû pousser le siège et placer une cuvette sous la fuite qui venait d'éclater à l'angle d'une lucarne placée à mi-hauteur du toit et par laquelle, certains soirs d'été, et de la mezzanine, nous braquions un puissant télescope pour admirer les étoiles tout en nous préservant de la fraîcheur du soir. Thomas a dit que c'était un défaut inhérent à cette marque de châssis et que seul un zingueur pourrait résoudre le problème, en même temps que celui de la gouttière. « Je reconnais que ces vieilles maisons ont du charme..., a-t-il ajouté. Mais il ne s'agit pas simplement de refaire l'électricité, de blanchir les murs, d'installer une cuisine et des salles de bains ultramodernes..., il faut encore s'assurer que tout l'ensemble tienne bon et que les fondations soient solides. Sinon, gare aux surprises... »

Lancés sur cette idée, nous sommes allés voir ce qui se passait dans l'arrière-cuisine. Là non plus, cela ne s'arrangeait pas. « Et à mon avis, c'est comme ça tout du long... », a conjecturé Thomas que plus rien ne semblait étonner. Effectivement, dans le bureau, nous avons découvert une flaque d'eau qui filtrait au ras du mur et imbibait un tapis disposé au milieu de la pièce. « Et même topo pour la chambre..., a-t-il lâché avec une moue et un vague haussement d'épaules. Sauf que nous n'avons pas la clé... »

Marc l'a rejoint en examinant le bout de son cigare.

— Je sens bien que la disparition de cette clé t'intrigue..., lui a-t-il déclaré sur un ton amusé. Mais si tu dois en faire une maladie, je t'autorise à prendre quelques outils pour démonter la serrure. Pas d'enfoncer la porte. J'aimerais que cette maison ne subisse pas davantage de dégâts, si tu vois ce que je veux dire... Gladys ne me le pardonnerait pas.

Quand j'ai vu que Thomas n'allait pas se décider, je lui ai dit : « Tu as tort de ne pas essayer. Veux-tu que je te donne un tournevis ? Tu n'en aurais que pour une ou deux minutes... »

Marc et Thomas ont souri tous les deux. Nous sommes retournés nous asseoir, mais j'ai insisté :

— Allons, Thomas, sois un peu curieux... Je te garantis que tu ne vas pas le regretter... !

Marc m'a lancé un coup d'œil qui signifiait que je ne devais pas trop en rajouter, selon lui. Quant à Thomas, il s'enfonçait dans son fauteuil et secouait la tête pour montrer qu'il abandonnait et que le mystère de cette chambre ne le concernait plus.

— Très bien... ! ai-je repris. Si tu ne veux pas ouvrir cette porte, il va falloir que vous fichiez le camp parce que Marc et moi ne pouvons plus attendre.

Marc a croisé les bras et m'a dévisagé en plissant les yeux. Les deux femmes m'ont accordé leur attention tandis que Thomas a tenté de me chasser de la main, moi et mon histoire. J'ai saisi son poignet au vol.

— Ou tu pars maintenant, Thomas..., ou tu vas avoir une surprise désagréable.

— J'espère que tu sais ce que tu fais..., m'a averti Marc avant de replacer son cigare entre ses lèvres.

— Donne-moi la clé..., lui ai-je répondu.

Il l'a sortie de sa poche et me l'a tendue dans un

souffle de fumée pénétrant qui a perturbé la flamme de toutes les bougies alignées sur la table.

— Maintenant, écoutez-moi bien..., ai-je annoncé. Je vais vous expliquer ce qui se passe...

Je n'en ai pas eu pour trente secondes. Puis Thomas a voulu que je lui donne la clé pour prouver aux deux femmes que je ne savais plus quoi inventer. Très vite, il est revenu de la chambre avec le front soucieux et s'est arrêté devant Jackie en lui disant : « Viens. Nous partons... »

Pendant qu'il enfilait sa veste et la boutonnait sans un mot, le regard fixé au sol, Eileen et Jackie sont allées voir notre prisonnier.

— Vous êtes devenus fous... ! a grommelé Thomas qui enfonçait son chapeau sur son crâne.

— Où vas-tu... ? lui a demandé Jackie. Es-tu si pressé de te jeter dans la tourmente... ? !

— C'est dans cette maison que va s'abattre une vraie tempête... ! a ricané Thomas dont les breloques épinglées à son couvre-chef s'agitaient avec un éclat lugubre.

Il a remué une main dans sa direction :

— Coucou ! Je suis là ! a-t-il ajouté. Tu n'es pas en train de rêver, ma jolie, réveille-toi... !

Il devait penser que Jackie ne réalisait pas très bien la gravité de la situation. Et de fait, Eileen et elle ne semblaient pas très perturbées après la visite qu'elles avaient rendue à notre inspecteur principal, tout saucissonné et bâillonné qu'il était.

— Thomas, ce n'est vraiment pas le moment de faire l'imbécile..., lui a-t-elle conseillé.

— Je vois ce que c'est... ! a-t-il lâché d'une voix

pleine de fiel. Ces deux-là n'ont qu'à te le demander et tu leur cambrioleras une banque ou leur des-
cendras quelqu'un au milieu de la rue ! Eh bien,
c'est parfait... ! Je vois que tu n'as pas été longue à
choisir ton camp, félicitations ! Au moins, ça aura
clarifié les choses... !

Il a relevé son col et s'est dirigé vers la sortie,
insensible aux prières d'apaisement que sa femme
débitait dans son dos. Lorsqu'il a ouvert la porte
sur le déluge qui se fracassait à ses pieds, Jackie lui
a lancé : « Enfin, souviens-toi que tu ne sais pas
nager, bougre d'entêté... ! ! », mais au terme d'une
légère hésitation, il a disparu en claquant la porte.

— Tout de même, ce n'est pas prudent..., a
murmuré Jackie. Il ne va rien y voir.

Je pensais également au pont de bois, tout au bas
de la route, et aux possibles coulées de boue que
la sévérité de certaines coupes, de ce côté-ci de la
forêt, pouvait laisser craindre.

— Je vais le chercher..., ai-je annoncé.

Ce n'était pas la pluie froide et agressive à
laquelle je m'attendais. Elle était d'une telle densité
que l'impression d'ensemble était qu'un flux
continu vous coulait sur la tête, et une fois le premier frisson passé, que vous évoluiez au cœur d'une
substance plutôt hospitalière. Y respirer ne me
posait pas de problème particulier, mais je n'y
voyais pas grand-chose. J'ai cependant fini par
repérer l'emplacement des voitures, grâce aux
nombreux coups de démarreur qui éclataient dans
l'obscurité.

— Elle est noyée... ! lui ai-je crié à travers le carreau.

Il a voulu essayer encore une fois, sans plus de résultat, et tout en me fixant d'un air furieux et plus ou moins hébété à mesure que la charge de sa batterie déclinait.

— C'est fini ! Elle est morte ! lui ai-je signifié par d'éloquents mouvements de tête et autres poings contre la vitre. Thomas, sors de là, nom d'un chien... ! !

Pliés en deux, nous sommes retournés vers la maison. Je n'arrivais pas à savoir si nous avions de l'eau jusqu'aux chevilles, ce qui, d'après la configuration des lieux, se révélait impossible, mais j'en avais la trouble sensation, étayée par un effet de succion à l'intérieur de mes chaussures.

À peine étions-nous entrés que Thomas s'est décoiffé et a lancé son chapeau sur le sol pour le piétiner comme s'il s'était agi d'un serpent venimeux que d'un talon furieux il eût voulu écraser. Ensuite, je l'ai conduit à la salle de bains du premier. De l'escalier, j'ai suggéré à Marc de nous ouvrir une de ces bouteilles de vin que nous ne montrions jamais à personne et dont le nom confinait à la légende.

— Hééé ! Comme tu y vas... ! s'est rembruni Marc.

— N'aie pas peur ! Je n'y toucherai pas à ton vin ! a lancé Thomas, penché par-dessus la rampe. Moi, je ne suis pas ton complice, figure-toi... ! Tu devras te contenter de ma femme... !

Je l'ai pris par le bras pour le faire avancer avant

que Jackie ne vienne se mêler à la conversation et j'ai aussitôt refermé la porte derrière nous. Avec un parfait ensemble, nous avons remarqué les sous-vêtements d'Eileen qui séchaient sur un radiateur. J'en ai déduit qu'il allait se tenir tranquille et que je pouvais aller chercher deux pantalons secs. Cela n'a pas été difficile car j'occupais d'habitude la chambre voisine et les quelques affaires qui se trouvaient dans l'armoire m'appartenaient. Je me suis assis sur le bord du lit, après m'être essuyé et changé de la tête aux pieds, et j'ai attendu qu'il m'appelle.

À la lueur des bougies, sa mauvaise humeur était encore visible car les ombres étaient accentuées sur son visage. Mais il s'était calmé, d'une manière ou d'une autre, bien que je ne pusse affirmer que les sous-vêtements d'Eileen avaient changé de place. Tandis qu'il examinait avec un air soupçonneux le pantalon que je lui avais choisi, je lui ai précisé qu'il n'était pas question de le mouiller dans notre affaire, au cas où les choses tourneraient mal.

— Parce que tu imagines que ça va bien se passer... ? a-t-il grogné. Tu crois peut-être que l'enlèvement et la séquestration se pratiquent comme un sport au grand air... ?! Que vous soyez un peu dérangés, Marc et toi, je n'en ai jamais douté, mais je m'aperçois que vous êtes bons pour l'asile, ni plus ni moins... Non mais, dis-moi sincèrement, Patrick, *te rends-tu compte de ce que vous êtes en train de fabriquer... ?!*

Je lui ai rappelé que l'idée était de le détacher

avant qu'il ne se réveille et qu'il serait libre de prendre la porte, si le cœur lui en disait.

— Où est-ce que tu as vu que nous avions enlevé
quelqu'un... ? lui ai-je demandé. Où as-tu vu que
nous le retenions de force... ?

— Et s'il refuse de la fermer, qu'est-ce que vous
allez faire... ? Le découper en rondelles... ?

Je lui ai proposé une superbe chemise de coton
à carreaux, m'étant souvenu de l'intérêt qu'il lui
avait porté au printemps, lors d'une virée sur un
petit affluent de la Sainte-Bob que nous avions descendu en canoë avec l'amicale de l'U.S.E.M.
d'Hénochville. J'ai pu remarquer qu'il n'y était pas
insensible, d'autant qu'il était persuadé que le vert
faisait ressortir la couleur de ses yeux.

— N'oublie pas que ce type peut nous causer
de graves ennuis..., ai-je soupiré.

— C'est ce que je me tue à t'expliquer !

— Non, je veux dire à propos de la Camex. Il
faut que nous ayons une sérieuse discussion avec
lui. Je te rappelle qu'il a accepté l'argent et s'est
envoyé Laurence avant de lui annoncer qu'il avait
changé d'avis. Mais encore une fois, il n'est pas
question de t'impliquer dans cette histoire. Tu es
coincé ici par le mauvais temps, il n'y a pas de
téléphone, aucune possibilité de prévenir qui que
ce soit. Personne ne pourra rien te reprocher.

Il a boutonné la chemise en silence. En enfilant
le pantalon, son coude a heurté le radiateur et la
culotte d'Eileen est tombée par terre. C'était à lui
de la ramasser, mais il y a eu un moment de flot-
tement entre nous. Nous sommes restés à la regar-

126

der en échangeant quelques coups d'œil évasifs, comme deux voleurs qui auraient repéré un billet de banque sur le sol et supputeraient qu'un mauvais coup s'abattrait sur le crâne du premier qui se baisserait.

— Patrick, tu es mon ami, et tu le sais..., a-t-il déclaré sans quitter des yeux la culotte d'Eileen. Est-ce que tu crois qu'une réelle amitié puisse avoir des limites... ?

— C'est une question que l'on finit toujours par se poser un jour ou l'autre. Mais s'il s'agit d'une réelle amitié, je crois qu'il faut un certain courage pour se lancer vers l'inconnu. Qu'est-ce qui vaut que l'on franchisse ces limites, si jamais elles existent ? Si ta question est : « Peut-on sacrifier l'amitié à une exigence supérieure ? », je te répondrais que je me le demande. Si c'est simplement de savoir si l'amitié a des limites, je te répondrais que non, pas à ma connaissance. C'est pour cette raison que je te dis qu'il faut du courage pour l'abandonner.

Sur ces mots, je me suis baissé en vitesse et j'ai réussi à saisir la culotte avant lui.

— Comprends bien une chose..., ai-je repris alors que je m'occupais de redisposer avec délicatesse le sous-vêtement à sa place. Marc et Gladys, Jackie et toi, vous êtes tout ce que je possède. Je ne vois pas grand-chose que l'on puisse attendre ou espérer en continuant de vivre par ici... Sauf que vous y êtes et que je n'ai rien d'autre. (J'ai terminé à regret d'arranger la culotte d'Eileen sur le radiateur et ai reculé d'un pas pour contempler mon œuvre.) Vous êtes à la fois ma force et ma faiblesse... Et mon expérience des femmes n'est pas convaincante.

Il a posé ses deux mains sur mes épaules.

— Patrick... ! a-t-il gémi. Comment se fait-il que Marc et toi soyez mes amis et que je ne veuille pas vous suivre dans cette histoire... ? !

— Je n'en sais rien.

— Cette fille t'intéresse, n'est-ce pas... ? Alors qu'est-ce qui fait que je n'ai pas envie de te céder la place... ? Est-ce que l'amitié a des limites ou est-ce moi qui suis incapable de noblesse, moi dont on ne peut attendre aucune grandeur d'âme... ? Qu'en penses-tu ?

— Je crois qu'il faut toujours garder en soi quelque chose que l'on puisse mépriser. C'est le seul moyen de garder contact avec le monde.

— C'est ce que je craignais... ! a-t-il murmuré en me serrant dans ses bras. Mais veux-tu me dire quelles sont mes chances de rencontrer à nouveau une fille qui sache monter une mouche et choisir entre une Woodstock et une Crazy Charley selon l'intensité de la lumière... ? Patrick, peut-être que ça ne se reproduira jamais... !

— Bien sûr... Je ne peux pas t'assurer du contraire.

Nous nous sommes désenlacés, presque gênés par cet élan, compte tenu de l'exiguïté des lieux.

— Je n'attends plus après Jackie pour savoir si je suis toujours dans la course..., a-t-il déclaré devant la glace, occupé à donner du volume à sa chevelure. Privé de ses cartes, un capitaine de navire doit monter sur le pont pour interroger les étoiles. Peut-on considérer, d'après toi, que plaire à une femme puisse constituer l'ultime épreuve ? Enfin, je veux dire par là, serait-ce la seule et unique preuve que nous soyons toujours en vie et qu'il y ait quelqu'un qui nous écoute... ?

— Eh bien, peut-être que oui, d'une certaine manière. C'est sans doute la méthode la plus simple et la plus efficace. Peut-être qu'elles sont là pour ça, pour nous éviter de nous creuser la tête...

J'avais eu raison de lui prêter cette chemise. Il s'est jeté un dernier coup d'œil satisfait et s'est tourné vers moi pour me demander si je couchais avec Jackie. Je lui ai répondu qu'il ne servait à rien de se chercher des excuses.

— Alors c'est Marc qui doit coucher avec elle, ce n'est pas possible autrement... !

— Mais non... C'est simplement qu'elles ne sont pas effrayées par les mêmes choses que nous. Tous les hors-la-loi ont été entourés de jolies femmes. Elles font confiance à leur instinct pour régler un cas de conscience. C'est ce qui nous dépasse et nous énerve, car bien sûr, c'est ce que nous voudrions faire. Tu sais, si c'était Jackie qui avait pris la porte à ta place, nous aurions dû nous poser des questions...

— Oui, mais je crois qu'elle est folle, par moments.

— Ne t'en fais pas. Écoute, je crois que j'ai envie de te *donner* cette chemise. Décidément, elle te va mieux qu'à moi !

— Oui... Et puis j'aime bien les cols... comme

ça, pas trop fantaisie... Tu peux les laisser ouverts, avec un tee-shirt dessous...

— Ne la mets pas au sèche-linge et rince-la à l'eau tiède. Tu verras, elles ont vraiment de la gueule après deux ou trois lavages. Marc a fini par admettre qu'elles étaient idéales pour le week-end, et tu le connais...

— Je vais te dire... Ça se voit rien qu'à la manière dont sont cousus les boutons. Mais ce genre de col, j'adore vraiment ça ! Tu as remarqué comme ça devenait dur d'en trouver un qui ne soit ni trop long ni trop court... ? C'est comme les tee-shirts sans inscriptions, il faut se lever de bonne heure. J'ai dû attendre la saison du blanc, chez Melloson, et ils étaient rangés avec les slips kangourou, ni plus ni moins...

— Oui, d'ailleurs j'ai décousu le monogramme, sur la poche. Je suis contre la publicité gratuite... Et tu as remarqué les pans arrondis ? Ça fait moins de tissus dans le pantalon et ça chiffonne moins à la taille...

— Non, ça j'avoue qu'elle est parfaite. Dommage que nous n'ayons pas plus de lumière.

— Thomas, tout va bien se passer, tu verras...

— Écoute, ce que vous faites avec ce gars-là, je ne veux pas le savoir. Moi, je n'étais au courant de rien et je ne suis pas dans le coup !

— Nous sommes bien d'accord.

— En tout cas, je te remercie pour la chemise.

— Ça me fait plaisir.

À notre arrivée, Marc a hésité une seconde, puis, rassuré, a levé la bouteille et les verres dans notre direction. Et Thomas était à peine assis que Jackie lui a dit que cette chemise lui allait bien. Il lui a répondu, encore un peu contracté, qu'il ne faudrait pas la mettre au sèche-linge. Marc l'a servi en premier et c'est Eileen qui lui a tendu son verre.

— Est-ce que l'on boit à une demande de rançon dont je ne suis pas encore averti... ? a-t-il lâché avec un sourire grimaçant.

Marc s'est félicité d'avoir songé à commander le fuel pour l'hiver, ce qui, a-t-il ajouté avec un coup d'œil sur la fuite de la lucarne, devrait garder à cette maison un semblant de confort si nous nous retrouvions les pieds dans l'eau.

— Bah, il paraît que les cachots sont humides..., a continué Thomas.

Nous avons connu un instant de pure émotion à la première gorgée de vin. Jackie a prétendu qu'elle n'avait rien connu de tel depuis leur lune de miel et Thomas a répondu que nous en boirions d'autres jusqu'à la lie. Eileen s'est penchée vers lui :

— Vous savez, Thomas..., lui a-t-elle confié d'une voix douce, je pense que personne ici ne se réjouit de la situation. J'éprouve les mêmes réticences que vous, mais tant que cette pluie va continuer, je ne vois pas ce que nous pourrions faire. Nous ne gagnerons rien à rendre cette attente plus pénible...

Nous nous sommes demandé si elle l'avait touché d'un coup de baguette magique. Ah ! cet air de chien battu qu'il a aussitôt adopté ! Ce n'est pas à elle qu'il aurait rétorqué que l'attente serait bien plus lugubre quand nous en aurions pris pour vingt ans... Tout juste s'il est parvenu à remuer la tête pour lui signifier qu'elle avait raison.

Nous l'avons laissé avec Eileen pour aller détacher l'inspecteur. Il a grogné tandis que nous le bougions afin de l'installer de façon plus confortable. Jackie a examiné sa blessure avec autorité et nous a rassurés sur l'éventuelle gravité du coup que lui avait administré Laurence et que, selon Marc, il n'avait pas volé. Je lui ai conseillé d'éviter ce genre de réflexions devant Thomas. « Bah, n'exagère pas..., a dit Jackie. C'est un bon comédien, tu sais... » Puis elle a demandé quel genre de somnifères nous lui avions donné et en quelle quantité. Forte des renseignements de Marc et après avoir jeté un dernier coup d'œil à l'inspecteur dont elle a tenu la mâchoire dans la main, elle a décrété qu'il en avait encore pour une heure, à la suite de quoi nous pourrions l'abreuver de café ou le conduire sous la douche. Et elle a ajouté : « Quelle horreur... ! Ce type est farci de pellicules... ! » Avant de sortir, Marc et moi lui avons arrangé son oreiller derrière la tête et croisé les mains sur le ventre. De fil en aiguille, nous avons songé à le fouiller, pour la première fois. Nous n'avons pas trouvé l'argent qu'il avait empoché. Marc a juré qu'il n'en revenait pas et qu'il avait toujours estimé Laurence parfaitement digne de confiance. Sinon ses papiers nous ont confirmé qu'il s'appelait Victor Brasset, était âgé de quarante et un ans et avait des ennuis d'argent si l'on se fiait à un récent relevé de son compte en banque.

— Je ne comprends pas qu'un type de son âge

se laisse aller de cette manière..., ai-je confié à Marc tandis que nous nous apprêtions à sortir de la pièce.

— Eh bien moi, ça ne m'étonne pas, si tu veux savoir. Il est évident qu'il se croit tout permis. Enfin ! Le ciel nous a préservés du pire : que les femmes le trouvent sympathique... Il n'aurait plus manqué que l'une ou l'autre ne le prenne en pitié et nous courions au désastre, je ne plaisante pas... Car il n'est pas laid, mais heureusement, les pellicules ne pardonnent pas, et je ne te parle pas de ses oreilles... Tu peux être sûr qu'elles l'ont remarqué. Là, je me mets à leur place...

— Oui, ce n'est pourtant pas difficile.

— Ce n'est pas une question de difficulté. C'est juste un minimum de respect que l'on doit avoir pour soi. Sans respect pour soi, on ne peut en avoir pour les autres et alors tout s'enchaîne...

Nous avons laissé ce triste personnage à son sommeil médicamenteux et avons jeté ses liens dans la cheminée, puis échangé un regard satisfait. Thomas avait mis des piles dans une radio et tâchait d'obtenir des informations sur le temps, mais il semblait y avoir des problèmes de réception et l'appareil crachait et couinait à son oreille.

— J'ai pensé à une chose..., a déclaré Jackie alors qu'elle feuilletait un vieux magazine. Vous en ferez ce que vous voulez, mais pourquoi ne lui annoncerions-nous pas que nous détenons certaines photos compromettantes... De telles pratiques sont si courantes que cela ne devrait pas l'étonner et

Laurence nous aurait confié qu'elles étaient parfaitement réussies...

— Eh bien... Pourquoi pas... ? a répondu Marc un peu gêné tandis que Thomas ricanait derrière son transistor. Nous verrons bien dans quel état d'esprit il est, avant d'en arriver là. Mais enfin, je souhaiterais que tu ne t'en mêles pas. Patrick et moi allons nous occuper de cette affaire. J'espère que tu comprends que si chacun propose son propre scénario...

— Oh ! en ce qui me concerne, tu peux être tranquille... ! a promis Thomas.

Jackie s'est contentée de tourner les pages à vive allure.

— Écoutez-moi. Encore une fois, je vous le répète... ! a soupiré Marc. Vous êtes ici alors que vous ne devriez pas y être. Ne le prenez pas mal. En d'autres circonstances, nous aurions gentiment terminé notre repas et vous seriez rentrés sans rien soupçonner de cette histoire. Le mauvais temps en a décidé autrement ? Très bien, nous n'y pouvons rien ni vous ni moi. *Mais ne venez pas me dire que je vous ai entraînés dans quoi que ce soit ! Et surtout, ne venez pas nous compliquer la tâche... ! Alors soyez gentils, ne m'obligez pas à être désagréable... !*

— Mais tu *es* désagréable..., a souligné Jackie sans prendre la peine de lever les yeux sur lui.

À ces mots, Marc a bondi. Mais c'était pour échapper à l'avancée d'une petite rigole qui était apparue à ses pieds, en provenance de la cuisine. Sous le coup de l'énervement, il a juré qu'il allait faire raser cette maison à la première occasion et s'est demandé s'il était maudit. « Ne te donne pas cette peine... ! a-t-il lancé à Thomas qui avait empoigné un balai. Je ne suis pas aveugle ! Je vois bien que tout va de travers, décidément ! »

Il y avait un centimètre d'eau dans la cuisine. Et derrière, là où nous avions constaté les premières infiltrations, bien davantage encore. Marc tenait absolument à y voir les prémices d'un naufrage qui n'allait pas manquer de frapper notre entreprise. Trop de signes concordaient, trop d'écueils se dressaient sur notre route. Et de fait, il semblait si abattu, si désespéré tout à coup que Thomas lui a posé la main sur l'épaule et a tenté de lui redonner confiance. « Allons, tu en as connu d'autres... ! lui a-t-il assuré. Qu'y a-t-il de si catastrophique... ? » Il avait raison. En soi, l'horizon n'était pas bouché et nos problèmes ne semblaient pas insolubles. Mais rien n'est plus triste qu'une inondation, rien ne vous donne un tel sentiment d'impuissance et rien ne peut vous flanquer de pire vague à l'âme. Et si l'on songeait dans quel état de trouble nerveux Marc se trouvait depuis un bon moment, il devenait parfaitement compréhensible que le spectacle humide qui s'offrait à nos yeux prît des proportions déraisonnables pour notre malheureux compagnon. La surprenante et amicale attention que Thomas lui portait soudain ne se manifestait pas sans raison : Marc accusait le coup à la manière d'un homme qui se relève d'un direct en plein foie. Eileen et Jackie l'ont ramené près de la cheminée afin de lui réchauffer le cœur tandis que Thomas et moi sommes restés bras croisés devant la mare pour le cas où une idée lumineuse nous serait tombée du ciel. « Bon, eh bien, nous ferions mieux d'aller boire un verre... », a-t-il conclu avec un haussement d'épaules.

La rigole de tout à l'heure s'était à présent élargie et traversait le salon de part en part avant de disparaître sous la porte d'entrée au terme de boucles noires et silencieuses que provoquait le jointoiement approximatif des tomettes. Marc et les deux femmes essayaient des bottes de caoutchouc en s'aidant de petits gémissements résolus. Mû par un élan irrépressible, et bien qu'elle ne m'eût rien demandé, je suis allé me poster à côté d'Eileen qui rencontrait quelque difficulté et je me suis penché pour saisir des deux mains la tige de sa botte. « Allons-y ! lui ai-je dit. Je tire et vous poussez... ! » J'ai senti son bras s'appuyer dans mon dos, son flanc entrer en contact avec le mien.

J'ai eu la chance qu'elle fût dotée d'un fort cou-de-pied ou qu'il manquât une bonne pointure à l'accessoire. Toujours est-il que cela n'a pas été tout seul. Nous en avons ri de bon cœur. Eileen prétendait que c'était sans espoir, cependant que je lui soutenais le contraire. Son bras était remonté autour de mon cou et je m'arrangeais pour lui faire perdre l'équilibre afin qu'elle se collât davantage à moi et qu'entre autres il me fût possible de me refamiliariser avec son odeur, chose dont il me semblait avoir été privé depuis très longtemps — au vrai, deux ou trois jours au maximum.

Parvenir à lui en enfiler une signifiait pour moi que je pourrais doubler la mise avec l'autre. C'est aiguisé par cet espoir que je me suis appliqué, l'esprit envahi par une prière silencieuse. Au beau milieu de nos efforts, j'ai dû lutter pour ne pas tout laisser tomber et la serrer dans mes bras pour voir ce que cela donnait. Si bien que j'ai connu une sorte de dilemme très ennuyeux. À savoir, mener à bien une entreprise qui m'offrirait une seconde séance de plaisir, tout en étant obligé de combattre celui-ci par crainte qu'il ne me conduisît à l'Incontrôlable.

Malgré tout, j'ai quand même tant et si bien continué de prier pour notre réussite que son pied a fini par se glisser dans la botte. Sans doute pour me récompenser, elle m'a décoché le plus beau sourire qu'elle m'eût jamais accordé. J'ai alors décidé qu'il était temps de me calmer. Et comme si je m'estimais quitte de lui avoir fourni la marche à suivre, je l'ai abandonnée à son autre botte en feignant d'en chercher une paire qui m'irait. Je crois qu'au fond je lui en voulais du plaisir qu'elle m'avait apporté. J'avais agi par bravade et, résultat, je sentais encore le vent du boulet qui avait failli m'arracher la tête. Or c'est une chose que l'on ne peut guère apprécier.

Une fois que nous avons tous été chaussés et ragaillardis par cet équipement approprié, Thomas, qui avait repris ses écoutes, nous a annoncé, avec le même éclat que s'il s'agissait d'une bonne nouvelle, que nous battions le record des précipitations établi au siècle dernier et que l'on s'apprêtait à évacuer plusieurs fermes dans la vallée...

— Et les prévisions ne sont pas bonnes, a-t-il ajouté. Mais ne m'en demandez pas plus...

Il a monté le son pour que nous entendions la radio cracher. Il a fallu que Jackie se bouche les oreilles en le suppliant d'arrêter ça pour qu'il se décide à l'éteindre.

— Au moins, nous ne sommes pas les plus à plaindre..., a-t-il conclu. (Il s'est adressé à Eileen :) Ça ne vous fait pas un peu peur... ?

Elle a ouvert de grands yeux et a secoué doucement la tête comme si elle n'avait jamais rien entendu d'aussi absurde.

— Mais non, voyons..., a-t-elle répondu avec un air tout à fait étonné. Pourquoi voudriez-vous que la pluie me fasse peur... ?

Thomas a ricané en frétillant sur son siège :

— Non, mais attendez... Vous êtes drôle, vous... Vous appelez ça de la pluie... Enfin d'accord... Moi aussi, je suis habitué à rester pendant des heures avec de l'eau jusqu'à la taille, mais ce n'est pas une raison... Enfin, moi non plus, je n'ai rien contre la pluie, mais vous, alors là, on peut dire que vous n'êtes pas du genre à utiliser les grands mots...

Il n'avait pas tort, et j'avais remarqué que plus nous prenions ce déluge au sérieux, plus elle s'en amusait et s'en trouvait à l'aise. C'était un peu comme si des visiteurs s'étaient installés un à un parmi nous et que nous fussions à présent envahis par une bande d'Irlandais qui nous excluraient simplement par leur nombre. J'en étais presque agacé, d'autant que je ne m'expliquais pas très bien cette impression d'être mis à l'écart sur mon propre territoire. Je connaissais la région comme ma poche et, en temps normal, j'aurais pu me balader à un kilomètre à la ronde les yeux fermés, sans même me prendre les pieds dans une branche morte. Par ailleurs, j'étais en compagnie des trois personnes qui m'étaient le plus proches et qui n'avaient à peu près plus, pour moi, le moindre mystère. Aussi je n'acceptais pas très bien de sentir que quelque chose me dépassait et je ne cessais d'observer Eileen avec la plus extrême attention chaque fois que j'éprouvais une contrariété de ce genre ou qu'elle éveillait mon intérêt avec une virulence incompréhensible. Quand ce n'était pas les deux en même temps.

Elle a plaisanté un instant avec Thomas. À l'écouter, c'étaient sans doute ses origines irlandaises qui l'avaient vaccinée contre les excès de l'élément liquide. Elle avait de nombreux exemples à lui fournir, lui racontait qu'étant petite, elle avait appris à ramer dans le salon de ses parents, installée dans une baignoire de plastique, une année durant laquelle il avait plu deux cents jours d'affilée et Thomas gobait ces histoires avec un air atterré. Si elle lui parlait de la mousse qui poussait sur le toit, il comprenait des algues. Si elle lui parlait d'escargots, il comprenait des coquillages. Au fond, elle faisait de nous ce qu'elle voulait et cette pensée m'a plutôt amusé. Les vagues réticences que j'avais nourries un instant auparavant venaient de s'envoler, aussi légères et sensibles que des spores au moindre courant d'air. Je n'étais plus d'un âge où l'on résiste à tout pour le principe. Je

139

crois que j'avais appris à ne plus gaspiller mes forces et, après avoir pris conscience qu'elles n'étaient pas inépuisables, à en user à bon escient. Je pouvais accepter que l'on se fiche de moi, ou que l'on me mène en bateau, ou que l'on essaie de m'avoir, sans que cela me soit pénible. Je ne savais d'ailleurs pas si c'était ce qu'Eileen avait en tête. Mais si c'était le cas, j'étais prêt à encaisser certaine humiliation. La vaniteuse idée que j'avais pu avoir de moi s'était effilochée avec le temps et je ne la portais plus comme un étendard. Aucun nouvel accroc ne méritait que je déclare la guerre à qui que ce soit. Il fallait se réserver pour les attaques vraiment sérieuses. Car celui qui mène mille petits combats ne peut jamais lever son sabre assez haut et meurt d'épuisement.

Lorsque nous avons placé les dernières bûches dans la cheminée, j'ai dit qu'il fallait aller en chercher d'autres afin de les mettre à sécher et que cela ne m'amusait pas non plus. Pour donner l'exemple, j'ai enfilé un ciré, me suis muni d'une torche et suis sorti après avoir rabattu la capuche sur ma tête.

Je me suis arrêté avant d'arriver au tas de bois. J'ai braqué ma lampe sur le chalet dont on ne distinguait que les fenêtres, l'une plus éclairée que l'autre par la grâce de l'éclairage au gaz — le charme des bougies s'était un peu essoufflé et nous avions suspendu l'un de ces engins de camping au linteau. Déjà, la différente luminosité des ouvertures donnait à la façade un air de guingois. Du côté de la gouttière qui nous avait quittés et s'était disloquée sur le sol, il ne subsistait que la descente verticale dont la partie supérieure était coudée vers la forêt comme un tuyau de cheminée malmené par les trombes d'eau. Il se dégageait du tableau une impression de débilité oppressante que venaient assombrir les deux quasi-torrents qui bouillonnaient sur ses flancs après avoir percuté l'arrière de la maison. Au-dessus du toit, sur lequel rebondissait la cataracte dans une lueur opalescente, se dressait la masse ténébreuse des sapins accrochés à l'escarpement. Il n'y avait pas le moindre souffle de vent, mais avec le poids de l'eau, leurs branches s'affaissaient et se relevaient dans un bruit de cellophane qui dramatisait le crépitement de la pluie. L'eau s'écoulait rapidement entre mes pieds. La nappe filait vers l'avant du terrain et basculait en contrebas, dévalait au pied de la montagne pour rejoindre la Sainte-Bob.

Je n'avais jamais assisté à un déluge de cette ampleur. Je me souvenais d'orages où j'avais dû me boucher les oreilles et où l'on y voyait comme en plein jour. J'avais vu, à l'époque où Marion m'avait démoli et alors que je remontais la pente, des arbres déracinés par la tempête ou fendus par la foudre. J'avais connu de fortes chutes de neige, le feu traversant la forêt, des éboulis de rochers fracassant tout sur leur passage. Mais je n'avais jamais rien contemplé d'aussi terrible, rien qui m'eût donné cette impression de désolation totale, de désastre mou et sans limites.

J'ai pris le maximum de bûches que je pouvais emporter et je suis retourné me mettre à l'abri. J'ai poussé la porte du pied et leur ai demandé ce qu'ils fabriquaient. Marc et Thomas avaient revêtu leurs cirés. Eileen et Jackie se tenaient devant la cheminée. Tout le monde avait les yeux fixés sur la porte où venait d'apparaître Victor Brasset qui s'avançait en titubant vers le milieu de la pièce.

Pour finir, je suis allé déposer mes bûches. Comme je croisais son chemin, je lui ai lancé : « Alors... ? Bien dormi... ? »

CHAPITRE QUATRE

(Où Patrick Sheahan se mord la main)

Il ne m'a pas répondu. Il s'est traîné jusqu'à la table et s'est effondré sur une chaise. « Qui aurait la gentillesse de préparer du café... ? » ai-je demandé à la ronde.

Eileen m'a souri en voyant la flaque d'eau qui, gouttant de mon imperméable, s'étalait à mes pieds. Ce n'était pas grand-chose, une petite ébauche de complicité qui n'allait pas très loin mais à laquelle je n'ai pas été insensible. Tandis que j'allais accrocher mon ciré et que les autres se raclaient un peu la gorge autour de l'inspecteur, j'ai regretté que nous n'ayons pas davantage à partager, elle et moi, et que notre intimité se bornât à une auréole sur un tapis, à quelques jours durant lesquels nous nous étions croisés entre deux portes. J'avais le sentiment d'être propulsé aux commandes d'un avion de chasse le jour de mon baptême de l'air. Pourquoi les choses ne se déroulaient-elles pas plus simplement dans la vie ? Pourquoi croyait-on que des engins en flammes tombaient du ciel ?

Un instant préoccupé par ces considérations, je

suis resté tourné vers le mur. C'est à ce moment que je me suis aperçu qu'il suintait. De même que les autres. L'éclairage était bien trop mauvais pour que l'on s'en rendît compte au premier coup d'œil. Néanmoins, il ne faisait plus aucun doute que la maison prenait l'eau de part en part. Je n'en ai rien soufflé à personne. Je n'ai pas voulu envenimer la situation. Et je n'ai pas jugé que ma découverte avait un grand intérêt.

D'un même élan, Marc et Thomas ont filé pour aller chercher du bois. Cela signifiait sans doute qu'ils estimaient que je pouvais très bien me débrouiller tout seul et qu'ils préféraient prendre l'air cependant que je dégrossissais notre ouvrage. Mais après tout, Thomas avait décidé de rester en dehors de cette histoire et Marc était mon patron. Or, n'étais-je pas censé m'occuper des relations publiques ? J'ai pensé que c'était peut-être l'occasion de m'assurer que Marc ne me payait pas à rien faire. Toutes les discussions que nous avions eues à ce sujet ne m'avaient pas réellement convaincu.

J'ai compris, sous le regard attentif des deux femmes, qu'elles étaient aussi d'avis qu'il me revenait de prendre les choses en main. Elles étaient prêtes à intervenir avec la cafetière et je sentais que leur curiosité me transmettait des ordres silencieux. Je suis donc allé m'asseoir devant ce Victor Brasset, cet infâme scélérat farci de pellicules, et je lui ai dit : « Eh bien, mon vieux, comment vous sentez-vous... ? »

Ses yeux étaient fermés mais il parvenait à maintenir sa tête entre ses deux poings, les coudes calés sur la table. J'ai pu remarquer, aux mouvements de ses globes oculaires, qu'il ne s'était pas rendormi. J'hésitais à lui jeter un verre d'eau à la figure ou à lui pousser un hurlement aux oreilles. Je lui ai touché un bras. Comme je n'obtenais toujours pas de résultat, j'ai tiré sur son poignet. Sa tête a plongé vers la table et l'a heurtée avec un bruit sourd.

« Ça commence bien… ! » ai-je soupiré à l'adresse de nos deux spectatrices. Victor Brasset a toutefois émis un râle que j'ai considéré encourageant. « Allô, allô… Allô, allô… », lui ai-je lancé.

J'ai demandé que l'on nous apporte le café. Jackie est intervenue et nous a servis avec les gestes précis d'une assistante au cours d'une opération chirurgicale très délicate. Nous avons échangé un coup d'œil avant qu'elle ne retourne à sa place.

Je me suis adossé à mon siège et j'ai croisé mes mains derrière la tête pour considérer l'inspecteur. Alors qu'il tentait de remonter à la surface, il a, d'un geste maladroit, renversé son bol de café. Le liquide brûlant s'est répandu sur la table. Comme je ne craignais rien, je n'ai pas bougé. J'ai attendu de voir ce qui allait se passer. Il s'est de nouveau réveillé lorsque l'une de ses mains, refermées sur le plateau en chêne massif d'où il prenait appui pour se redresser, est entrée en contact avec la potion fumante que nous lui avions préparée. Il a sursauté et a braqué sur moi un regard douloureux et stupide.

« Ce n'est rien…, l'ai-je rassuré. Nous allons vous en servir un autre. » En une seconde, et sans que j'aie eu à intervenir, Jackie et Eileen ont épongé les dégâts, resservi notre homme et se sont reculées de l'avant-scène.

« Il fait un temps épouvantable..., ai-je repris. Nous avons préféré vous laisser dormir... » D'un signe de la tête, je l'ai invité à boire son café dont la noirceur était presque surnaturelle. Sur ces entrefaites, Marc et Thomas sont rentrés en discutant comme si de rien n'était. Ils ont rangé leurs bûches devant la cheminée et sont ressortis, tout occupés par leur conversation qui semblait traiter des derniers rebondissements dans la course aux prix littéraires. Les deux femmes en ont profité pour mettre de nouveaux rondins à sécher. Je ne me sentais donc pas trop aidé, mais j'ai décidé que ce n'était pas grave.

J'ai confectionné un petit bonhomme avec de la cire tiède, récoltée sur une bougie, tandis que Victor Brasset se décidait à porter son bol à ses lèvres. Puis j'ai écrasé la pâle figurine entre mes doigts et je me suis levé pour saisir l'inspecteur sous un bras. Je lui ai déclaré que quelques pas lui feraient du bien. Il m'a regardé en clignant des yeux.

— Où suis-je... ? a-t-il murmuré.

— À la montagne.

— À la montagne... ? a-t-il répété dans un bâillement abominable.

Je l'ai reconduit jusqu'à la chambre où il avait été enfermé afin qu'il puisse se servir de la salle de bains comme vous et moi. J'ai fini par me demander s'il connaissait l'usage d'un simple lavabo car il y restait cramponné sans prononcer une parole.

J'ai planté la bougie sur un porte-savonnette et manœuvré le robinet d'eau froide. «Il suffit de recueillir de l'eau dans vos mains et de vous en asperger la figure..., lui ai-je expliqué. C'est ainsi que l'on procède, d'ordinaire. »

On aurait dit que je le poussais à commettre un acte contre nature.

— Vous n'aimez pas l'eau... ? l'ai-je interrogé.

Il s'est passé une main sur le visage.

— Dites-moi... Que m'est-il arrivé... ? a-t-il murmuré.

— Mais rien de grave...! me suis-je esclaffé. Vous êtes en pleine forme ! Allons, je ne vous propose pas une douche, mais rafraîchissez-vous au moins le visage, ça ne va pas vous tuer...

J'ai bien observé son ablution et le peu de plaisir qu'il y prenait.

— J'espère que vous n'allez pas me demander une brosse à dents..., ai-je repris avec un air désolé.

— Non, ça va aller... Je crois que j'aimerais prendre encore un peu de café.

— Vous avez raison. Rien de tel pour se rincer la bouche. Regardez-vous, vous êtes déjà un autre homme, ma parole...

Il s'est examiné dans la glace. L'idée m'est venue que son cabinet de toilette était éclairé par une ampoule de vingt watts.

— Est-ce que vous me retenez prisonnier... ? m'a-t-il interrogé sur un ton méfiant.

— Je ne sais pas... Est-ce que ça en a l'air... ?

— Alors je voudrais téléphoner.

— Pas de brosse à dents, pas de peigne, pas de

téléphone... Vous savez, ce n'est qu'un chalet de montagne, nous ne sommes pas très bien équipés. Nous avons d'ailleurs une panne d'électricité et quelques problèmes de fuites, mais rien de très grave...

Je l'ai soutenu une seconde car les somnifères tentaient de nous le reprendre.

— Ne me touchez pas... ! a-t-il grogné.

Je l'ai lâché et il s'est affaissé contre le mur. Une fois qu'il a été assis par terre, il m'a tendu la main.

— Vous savez ce que vous voulez... ? lui ai-je demandé.

Il avait encore un air hébété et son regard brillait d'un éclat suspicieux et implorant tout à la fois. Bonne âme, je l'ai aidé à se relever pour le reconduire dans la grande pièce.

Mes deux assistantes se sont affairées, qui pour lui offrir un siège, qui pour une nouvelle rasade de café. Du coin de l'œil, j'ai aperçu Marc et Thomas qui nous guettaient de l'extérieur, à l'angle d'une fenêtre, flous et méconnaissables.

J'ai repris une boulette de cire pour me distraire et donner le temps à notre homme de recouvrer ses esprits. Il nous observait avec prudence, par-dessus son bol, et je gageais qu'il était en train de réfléchir à toute allure maintenant que son cerveau s'éclaircissait. Au bout d'une minute, ses traits se sont contractés. Il a baissé les yeux.

— Avant tout, a-t-il déclaré à voix basse, il faut que vous sachiez que je n'ai aucune mémoire visuelle. Je vous le jure sur la tête de ma femme...

— Et ça vous gêne... ? me suis-je inquiété.

— Croyez-moi..., a-t-il insisté. Pour moi, c'est comme si vous étiez masqués... Que ce soit bien clair... !

J'avais de nouveau réalisé un petit bonhomme, que je me suis ingénié à faire tenir debout sur la table tandis que l'autre se tordait les mains.

— Écoutez, pour être franc, je ne vous suis pas très bien...

— Bien sûr que si, vous me suivez...!! a-t-il lâché d'une voix étranglée.

Je ne lui ai pas répondu. Et c'est sans penser à mal que j'ai décapité ma statuette — je voulais juste lui remodeler son chapeau. Quoi qu'il en soit, l'inspecteur a eu un mouvement de recul et une grimace effrayée. Il s'est agrippé aux bras de son siège comme s'il était prêt à l'emporter avec lui. Il essayait de dire quelque chose, sa poitrine se gonflait, mais les mots semblaient l'étouffer.

— Ça ne va pas... ? me suis-je informé.

J'ai trouvé que la pâleur le rajeunissait. Il semblait perdu tout à coup, plus neuf et plus fragile. L'assurance et le mordant qu'il avait affichés la veille, lorsqu'il nous tenait et s'apprêtait à empocher notre argent avant de s'envoyer notre hôtesse, avaient à présent disparu. J'avais l'impression qu'il sortait d'une école et que j'étais son premier client. J'ai senti que quelque chose en lui s'effondrait.

— À quoi cela vous sert-il de me torturer... ? m'a-t-il reproché après avoir dégluti avec peine.

— Moi, je vous torture... ? !

— Vous croyez que je ne vous vois pas triturer votre petit machin... ? s'est-il enhardi. Vous croyez

151

que je n'ai pas compris pourquoi vous ne portiez pas de cagoule... ? !

J'ai pianoté sur mes lèvres du bout des doigts, puis je me suis penché vers lui :

— Vous voyez cette porte, là-bas... ? lui ai-je déclaré en lui indiquant la sortie. Eh bien, plutôt que de vous tourner les sangs, je vous conseille de vous y précipiter sans plus attendre... ! Vous pouvez même y aller à reculons si vous avez peur que je ne vous tire dans le dos...

À cet instant précis, les deux autres sont arrivés du dehors, les bras chargés de bois mouillé.

— ... vous voyez, ai-je continué, c'est une des règles de la maison. Chacun est libre d'entrer ou de sortir. Vous êtes un grand garçon, vous faites ce que vous voulez... !

Il a filé sans demander son reste, bousculant la table au passage. Je me suis levé pour me servir un verre tandis que les deux femmes aidaient Marc et Thomas à se débarrasser de leurs cirés.

— J'aurais dû l'avertir que nous n'avions plus une seule serviette de sèche..., ai-je remarqué.

— Ah, mes enfants ! Quelle douche... ! s'est exclamé Thomas.

— Alors Dieu dit à Noé : « La fin de toute créature est arrêtée par-devers moi, car ils ont rempli la terre de violence », a récité Marc en s'étirant devant la cheminée.

Jackie a allumé une cigarette, puis elle a prétendu que notre inspecteur était un garçon lunatique et bilieux, ce qui, selon elle, n'était pas de très bon augure. « C'est un hépatique, et il manque de

152

fer..., a-t-elle ajouté. Ce sont les plus difficiles à manœuvrer... »

Comme Victor Brasset n'avait même pas pris la peine de refermer la porte dans son dos, une aération bienvenue a provoqué une superbe flambée dans la cheminée. Notre humeur s'en est trouvée adoucie et nous sommes allés nous réinstaller dans les fauteuils, chacun muni de son verre et plein d'amabilité pour son voisin. Deux ou trois nouvelles fuites s'étaient déclarées au niveau du toit mais, pour l'instant, aucune ne menaçait notre campement. Et à ce propos, nous n'avions plus besoin de sortir de bassines car à la suite des infiltrations de la cuisine, le sol était uniformément trempé. C'était donc un souci de moins, si l'on prenait les choses du bon côté.

J'ai effectué un compte rendu détaillé du premier contact que j'avais eu avec l'autre. Marc a hoché la tête d'un air grave et m'a assuré que j'avais été parfait.

— N'est-ce pas ce que je te disais... ? a-t-il continué en s'adressant à Thomas. La meilleure entrée en matière consistait à lui souffler le chaud et le froid. C'est une règle de base : avant de livrer un combat, il faut chercher à égarer l'adversaire. (Il a tendu une main pour me flatter le genou.) Patrick, mon vieux, tu as fait du bon travail... !

— Enfin, c'est quand même une situation grotesque..., a glissé Thomas.

Marc lui a décoché un sourire fielleux :

— Vraiment... ? Et alors... ? Peux-tu m'expliquer ce que ça change... ? ! Mais enfin, que vois-tu

153

donc autour de toi... ? Est-ce que la plupart des événements d'une existence ne sont pas grotesques... ? ! Franchement, Thomas, comment fais-tu pour prendre la vie au sérieux quand elle te grimace au visage... ? ! La seule véritable tragédie, ici-bas, c'est que nous jouons dans une farce... !

Thomas détestait ce genre de conversation. Néanmoins, c'était souvent sur lui que cela tombait, soit qu'il prononçât une parole susceptible de mettre le feu aux poudres ou soit qu'il croisât le regard de celui qu'il ne fallait pas. Il attirait les dépressifs, les suicidaires, les cyniques ou les illuminés comme d'autres attiraient les enfants ou les grand-mères, les chiens ou les chats, les « Comme l'écrivait Proust... » ou les « Ah ! Comme j'admire Flaubert... ! ». Or, malgré l'habitude qu'il avait de ces persécutions, il ne manquait jamais d'y déceler une attaque personnelle. Ainsi, lorsqu'il a répondu à Marc : « J'aimerais savoir où tu veux en venir... » ne s'est-il pas intelligemment sorti d'une discussion qui lui déplaisait.

— Où je veux en venir... ? a répété Marc avec un ricanement peu charitable. Est-ce que tu cherches à m'opposer la sanctification par la pêche à la ligne... ? Mais en dehors de t'amuser avec un ver au bout d'un fil, qu'y a-t-il de si respectable dans ta vie... ? Y a-t-il quelque chose qui vaudrait la peine d'être sauvé... ? Dans ce cas, dis-le-moi, je suis curieux de t'entendre !

Ils en avaient pour un moment. Je me suis donc levé et je me suis approché d'une fenêtre. J'entendais Thomas qui disait qu'il préférait tenir une canne à pêche plutôt qu'un revolver contre sa tempe et l'autre qui lui répondait qu'un mirliton ferait l'affaire. J'étais étonné que Jackie ne soit pas encore intervenue pour leur expliquer qu'ils se trompaient tous les deux et qu'Eileen ne l'interrompe pour annoncer qu'elle n'était pas d'accord. Il s'agissait sans doute d'une lassitude passagère qui n'allait pas s'éterniser. Je me suis penché à la porte.

Il n'était pas équipé pour affronter l'humidité et la fraîcheur des nuits en montagne. Bien qu'il eût remonté son col et rabattu les revers contre sa poitrine, il claquait un peu des dents.

J'ai fini par lui déclarer qu'il serait mieux à l'intérieur. J'ai ajouté que je ne le forçais pas et que s'il se sentait mieux là où il était, je n'avais pas l'intention d'insister. Il a hésité. J'ai haussé les épaules.

— À moins que vous ne vouliez simplement boire quelque chose de chaud. Ensuite, vous pourrez retourner dehors et continuer de prendre l'air... C'est comme vous voulez...

Je me suis retourné pour voir ce qu'il regardait par-dessus mon épaule.

— Simple discussion..., l'ai-je rassuré. Vous vous intéressez à la pêche au lancer... ? Moi, je n'y comprends pas grand-chose. Bon, alors, vous vous décidez... ?

Jackie nous avait prévenus que c'était un atrabilaire, mais je ne m'attendais pas qu'il m'empoignât tout d'un coup. Bien entendu, je me mettais à sa place. Je voyais très bien qu'il oscillait entre la colère et la résignation, entre la prudence et un bol de bouillon chaud, l'envie de me taper dessus et les ennuis qu'il risquait d'encourir. D'ailleurs, il ne prononçait pas un mot et se contentait de m'avoir alpagué, le regrettant presque si j'en jugeais à la manière dont il se mordillait les lèvres. J'ai baissé la tête vers ses mains, puis je l'ai fixé droit dans les yeux. Dès qu'il m'a eu lâché, il a retrouvé sa langue.

— Je suis blessé... ! a-t-il avancé d'une voix incertaine. Regardez-moi ça... !

J'ai feint d'examiner la blessure qu'il me présentait.

— Bon. Mais enfin, ce n'est pas si grave. Et nous n'y sommes pour rien, croyez-moi...

— Tu parles... ! a-t-il grincé.

Je ne considérais pas que l'état de confusion dans lequel il se trouvait fût une excuse. Je n'éprouvais aucune sympathie pour les personnes qui me tutoyaient de but en blanc, l'occasion fût-elle exceptionnelle. Non que l'on pût me reprocher d'être trop à cheval sur la politesse, mais il y avait là une manière de promiscuité qui m'était pénible et que je supportais mal. J'aurais préféré qu'il me saisisse de nouveau par ma chemise, quitte à m'arracher un bouton.

— Vous êtes libre de penser ce qui vous plaît..., lui ai-je répondu. Quoi qu'il en soit, ma proposition tient toujours, tête de con.

Il a froncé les sourcils, mais n'a pas semblé avoir très bien entendu. D'un autre côté, je n'avais pas élevé la voix et le vrombissement de la pluie pouvait laisser flotter un doute dans son esprit. Se fiant sans doute au sourire avenant que j'avais conservé jusque-là, il s'est rendu à mon offre.

— Inutile de vous essuyer les pieds..., ai-je plaisanté afin de le mettre à l'aise.

Les autres se sont tus, tandis que nous traversions la pièce en direction de la cheminée. Il n'y a eu que Thomas pour lever une main et saluer notre visiteur d'un « hello... ! » à moitié convaincant.

Victor Brasset a frissonné devant les flammes. Il nous jetait des coups d'œil par en dessous et reniflait sans vergogne tandis que je mettais la main sur un sachet de soupe instantanée et que je laissais couler l'eau chaude.

— Allez-y, mon vieux, reprenez donc des forces... ! l'a encouragé Marc sur un ton sec. Ensuite, vous viendrez vous joindre à nous... !

J'ai échangé le bol de soupe contre le tisonnier dont l'inspecteur s'était emparé furtivement. Un seul regard au plafond m'a suffi pour le ramener à de meilleures intentions.

Je n'étais pas sûr que les grumeaux de mon potage intitulé « Velouté de petits légumes » fussent conformes au résultat escompté, mais notre homme l'a ingurgité avec un empressement et une satisfaction qui m'ont fait honneur, d'autant que j'avais oublié d'y ajouter une pincée de sel. Il en revoulait, seulement je n'en avais plus. Puis, comme son regard se posait avec insistance sur un sandwich que nous avions négligé et qu'un chien affamé aurait trouvé appétissant, je l'ai invité à profiter de l'aubaine.

Il l'a dévoré en fumant devant la cheminée, un nuage de vapeur au-dessus des épaules.

Je suis retourné m'asseoir au milieu des autres. J'ai choisi d'être face à Eileen, plutôt qu'à son côté, car ma vie n'était qu'une longue suite d'échecs, ai-je pensé accessoirement. J'estimais que lever de temps en temps les yeux sur elle ne pouvait pas me faire de mal. Et j'ai bien vu que j'avais raison. Je ne m'en suis pas privé, cependant que la conversation piétinait, suspendue aux bruyantes masticatons de l'inspecteur. Je ne m'en suis pas privé, et à cette occasion, j'ai eu la vision du jeune homme que j'avais été et qui, d'une foulée olympienne, bouclait les tours de piste au milieu des applaudissements et venait mourir entre les bras d'une Irlandaise aux cheveux de feu, sans doute un peu forte, mais si rayonnante, au demeurant.

Mon genou ne m'en a cuit que davantage. Jackie a remarqué que je le caressais malgré le maximum de discrétion avec laquelle j'entourais la manœuvre.

— Tu as tort de ne pas t'en préoccuper plus sérieusement..., m'a-t-elle sermonné. Ne crois pas que ça va s'arranger tout seul.

— J'imagine que c'est à cause de l'humidité...

— Voyons, ne te raconte pas d'histoires... La vérité, c'est que tu as quarante-cinq ans et que tu ne peux plus espérer un miracle. Nos petits malheurs ne font que commencer et la politique de l'autruche est la pire attitude que nous puissions adopter...

— « ¡ *Viva la muerte... !* » a répliqué Marc en levant son verre.

Elle l'a remercié de son intervention avec une grimace entendue et s'est à nouveau penchée sur mon cas.

— Malheureusement, nous ne sommes plus d'un âge à nous demander où nous allons, mais *comment* nous allons y aller... Patrick, si tu es prêt à te servir d'une canne, alors je n'ai rien à ajouter. Mais laisse-moi te rappeler que ça ne va pas s'arrêter là... Il suffit de gratter un peu, de marcher dans la rue, et tu t'aperçois qu'à partir de la quarantaine, aucun de nous n'est épargné. Dis-moi, t'es-tu déjà amusé à regarder passer les gens sur le trottoir... ? Je ne sais pas si j'ai un don particulier, mais tu serais épouvanté à ma place... ! Si toutes les plaies étaient visibles, ce serait le musée des horreurs ! Alors, ne te crois pas plus malin que les autres et n'attends pas que le printemps vienne à ton secours. Enfin, tu sais où me trouver... Mais si tu décides de t'en remettre à quelqu'un d'autre, n'oublie pas une chose : ni cortisone ni infiltrations. Ce serait irréparable...

Thomas a déclaré que je devais noter à quel point sa femme se souciait de ma santé, chose qu'elle était bien loin de faire pour lui-même.

— Oh, je t'en prie... Ne sois pas stupide ! lui a-t-elle répondu. Est-ce que je n'ai pas réglé tes problèmes d'intestins ?

— Parlons-en... ! Tu m'as soutenu pendant un mois que c'était psychologique !

— Et ça l'était, quoi que tu puisses en penser...

Crois-moi, n'importe quel chirurgien qui t'ouvre le ventre est décidé à t'enlever quelque chose, que ce soit nécessaire ou non. C'est comme si tu emmenais ta voiture chez un garagiste. As-tu remarqué qu'il y a toujours quelque chose à changer ? Tu sais, tu peux bien jurer qu'un coup de bistouri t'a remis sur pied, ça ne me gêne pas. Tout ce que je voulais, c'était que tu avales ces comprimés de lycopodium.

— Tu es merveilleuse... Tu as un de ces chics pour détourner la conversation... ! Sidérant... !

— Patrick, lui, n'a pas quelqu'un pour le surveiller vingt-quatre heures sur vingt-quatre... Peut-être que si tu vivais seul, tu apprécierais que l'on s'intéresse un peu à toi... ! Maintenant si tu insinues que je me soucie de son genou parce que nous couchons ensemble, il vaudrait mieux le dire carrément, tu ne crois pas... ?

— Tu entends ça, Patrick... ? ! a-t-il feint de s'offusquer.

— Oui. Je ne suis pas encore sourd.

— Remarque..., a-t-il enchaîné, je ne vois pas ce que ça aurait d'impossible... Ce ne serait pas la première fois que l'on verrait une chose pareille... C'est même d'une banalité à faire peur. En fait, quels tristes imbéciles serions-nous si l'on s'imaginait bâtir quoi que ce soit sur la confiance aveugle... ! Eileen, vous êtes encore jeune, bouchez-vous les oreilles, sinon vos dernières illusions vont s'effondrer... !

Elle lui a souri, puis m'a glissé un regard interrogateur. Mais plus innocent que celui que je lui ai retourné, elle n'avait sans doute jamais eu l'occasion d'en voir.

— Prenez une chaise... ! Approchez-vous donc... ! a lancé Marc tout à coup en direction de l'inspecteur. Vous loupez une conversation intéressante... Pourquoi rester à l'écart... ?

— Je vous remercie... Mais je suis très bien où je suis... ! a répliqué Victor Brasset sur un ton qui manquait malgré tout d'assurance.

— Écoutez, mon ami..., a repris Marc qui tendait le cou vers notre homme. Ne me faites pas regretter mon hospitalité, montrez-vous un peu plus aimable, voulez-vous... ?

Le fait est que nous étions tous tournés vers lui avec un sourire engageant.

— Non... Je me réchauffe encore un instant, si ça ne vous ennuie pas.

— Non, c'est terminé. Venez vous asseoir. Vous savez bien que nous avons à parler ensemble... Ne m'obligez pas à venir vous chercher...

— Puisque je vous dis que je n'ai pas l'intention de bouger, vous ne comprenez pas... ?

— *AH ? VRAIMENT... ? ? ! !* a rugi Marc.

Il s'est levé d'un bond. De sa poche, il a tiré une arme qu'il a braquée à bout de bras sur l'autre. « Oh, la vache... ! » a murmuré Thomas tandis que Marc avançait à grands pas vers sa cible et allait lui pointer l'automatique au milieu du front. L'inspecteur a fermé les yeux, s'est recroquevillé comme s'il s'attendait à recevoir un coup sur la tête. Le bras toujours tendu, Marc lui a dit qu'il allait compter jusqu'à trois. Nous étions médusés. Malgré la grandiloquence de son attitude, personne n'aurait pu nier que Marc était époustouflant de vérité dans son rôle. Sincèrement, on aurait juré qu'il allait tirer. Quoi qu'il en soit, Victor Brasset a aussitôt accepté de se joindre à nous. Il s'est emparé d'une chaise et s'est dirigé vers nous sous la constante menace de l'arme que Marc lui brandissait contre l'oreille.

— Ah, nom d'un chien ! a grogné Marc. Reconnaissez que vous m'avez poussé à bout... !

Il a plaqué l'engin sur la table et s'est laissé aller dans un fauteuil avec un sifflement agacé.

— S'il te plaît, Marc... J'aimerais que tu ranges cet instrument..., lui a demandé Jackie en prenant un air pincé.

— Je t'en prie... *Ne te mêle pas de ça !*

— Écoute... Elle a raison, a renchéri Thomas. Enfin, a quoi ça rime... ?

Marc nous a regardés, puis, avec un geste d'humeur, a rempoché son 9 mm. C'était le quinze coups en acier inoxydable, le modèle 5904 de Smith & Wesson avec lequel nous tirions quelquefois de sa chambre, à la nuit tombée, quand la lune éclairait les nids de chenilles processionnaires agglutinés aux branches des sapins.

— Ça va ? Tout le monde est content... ? a-t-il marmonné.

Chacun l'était, visiblement, et Victor Brasset en particulier, qui, bien qu'assis sur le bord de sa chaise, semblait trouver la situation plus confortable. Il baissait les yeux, lissait le dessus de son pantalon informe avec une application de demoiselle.

162

— Quand même, j'aimerais que nous mettions les choses au point..., est intervenu Thomas qui rompait ainsi une courte plage de silence. Moi, je ne sais rien de ce qui se passe ici et je ne veux pas le savoir... (Il s'est tourné vers l'inspecteur :) Vous, écoutez-moi, que ce soit bien clair : ces deux femmes et moi ne devrions pas être ici. C'est un pur hasard et nous sommes bloqués par les intempéries, nous sommes bien d'accord...? En conséquence, vous m'entendez, nous ne saurions endosser la *moindre* part de responsabilité concernant les événements qui vont suivre... Voilà, il fallait que ce soit dit. À présent, Marc, je te le laisse...

— Tu es bien aimable.

— Entendons-nous bien... Cela ne signifie pas que je cherche à le défendre ou que j'aie la plus infime sympathie pour ses agissements...

— Je le sais, Thomas... Ça ne m'a pas effleuré l'esprit un seul instant. D'ailleurs, je ne me souviens pas de t'avoir reproché quoi que ce soit.

— Marc, tu pourrais me demander n'importe quoi, tu le sais bien. Mais là, tu avoueras quand même que c'est un drôle de truc...!

— Tout à fait. Mais si tu réfléchis bien, tu verras que pas un seul instant je n'ai sollicité ton aide. Je te le réaffirme, Thomas, il n'y a aucun malentendu entre nous.

Ils se sont souri. Thomas a tendu la main et Marc, après un instant d'hésitation, l'a frappée de la sienne. Jackie a déclaré qu'elle était heureuse de la tournure que prenaient les événements. Victor Brasset a croisé une jambe et regardé ailleurs en ouvrant la bouche comme s'il bâillait. Quant à Eileen, elle semblait parfaitement à l'aise. Selon moi, elle passait un excellent week-end, portait un intérêt accru à tout ce qui se disait ou se déroulait sous ses yeux, fût-ce la simple expression d'un visage ou le geste anodin de l'un d'entre nous. Elle nous observait avec un plaisir non dissimulé, presque empreint de gourmandise. Je la soupçonnais — peut-être à tort — de vivre seule depuis bien trop longtemps. Je lui accordais quelques amis lointains, sans doute un vague fiancé qui l'attendait au pays et dont la pâle photographie ne sortait plus du fond de sa valise. Je l'imaginais redécouvrant avec nous le bonheur élémentaire d'une réunion entre proches et la chaleur qui s'en dégageait, même si nous ne lui offrions pas l'image d'une entente harmonieuse, et même si cette histoire lui paraissait un peu dingue. Moi aussi, je vivais seul. Malgré toute l'affection que j'avais eue pour ma belle-mère, ce n'était pas attenter à sa mémoire que de reconnaître que je vivais seul depuis très longtemps. La mort de Viviane m'avait juste ouvert les yeux à ce sujet et dévoilé du même coup un abîme que je pressentais. Je savais que vivre seul n'était pas très bon pour le moral. Je savais ce qu'Eileen ressentait. Enfin, je le supposais.

Je me suis penché vers elle pour lui demander depuis combien de temps elle n'était pas retournée chez elle, mais Marc ne lui a pas laissé le loisir de me répondre.

— Bon, Patrick, si ça ne te fait rien..., nous

pourrions enfin parler de choses sérieuses, qu'en dis-tu... ?

J'ai repris ma place en l'assurant que nous pouvions y aller.

— Bien ! Voyez-vous, monsieur Brasset, nous ne nous attendions pas à vous revoir de si tôt...., a-t-il attaqué sur un ton amical. Je pensais que nos affaires étaient réglées. Me trompais-je... ?

L'inspecteur avait profité de l'ambiance et de la disparition du Smith & Wesson pour se ragaillardir. Il s'est frotté le menton et permis un infime sourire

— Je vous écoute..., a repris Marc dont le calme était un modèle du genre.

— Vous ne me faites pas peur, vous savez..., a grincé l'hépatique.

— Ce n'est pas le but recherché, pour l'instant. Mais je crains que vous ne vous engagiez pas sur la bonne voie... Qu'en pensez-vous, mes amis... ?

— Ça, je reconnais qu'il n'y met pas du sien..., a déclaré Thomas. Enfin, je ne veux pas m'en mêler, ça vaut mieux.

— Et vous avez raison, je vous le garantis... ! a souligné le triste personnage. Je crois que certains d'entre vous ne mesurent pas les conséquences de leurs actes...

Jackie lui a tourné le dos pour nous exprimer, au moyen d'une grimace, ce qu'elle pensait de l'inspecteur. J'étais en train de songer qu'Eileen MacKeogh n'avait peut-être pas eu de relations sexuelles depuis un bon moment et cette éventualité m'étourdissait.

— Patrick, ne fais pas cette tête..., m'a secoué

Marc. M. Brasset a voulu plaisanter... Nous savons tous, ici, comme il le sait lui-même, qu'il n'est pas en mesure de menacer qui que ce soit. À moins qu'il ne veuille nous reprocher de l'avoir soustrait à une situation compromettante, ce qui relèverait de la plus profonde ingratitude. Mais, quant à moi, je ne peux pas croire qu'un inspecteur principal ait le désir d'être impliqué dans une sombre histoire de mœurs. Car enfin, cette Laurence, et ce n'est un secret pour personne, ne gagne pas sa vie en vendant des fleurs. Et je ne vous parle pas de certaines photos dont il faudra se préoccuper... Il va falloir discuter d'arrache-pied, croyez-moi, sinon elle n'hésitera pas à briser votre ménage... Ah ! c'est une fille retorse, vous savez... !

Jackie a eu un sourire satisfait, teinté d'abnégation. Celui de Victor B., la verdeur pâlichonne du chou blanchi et la griseur jaunisseuse d'un excès de table. Magnanime, un bras étendu sur mes épaules, Marc a proposé que l'on servît à boire à notre homme.

— Nous allons finir par nous entendre... ! a-t-il déclaré sur un ton enjoué. Il était naturel que se produisent quelques gestes d'humeur de part et d'autre. Mais à présent que le brouillard se dissipe, nous allons pouvoir avancer. Au fond, cher monsieur, il ne s'agit pour vous que d'honorer le marché que nous avions passé ensemble... Rappelez-vous, nous avons consenti certains sacrifices pour obtenir votre silence... Et voilà que j'apprends que vous auriez changé d'avis... ? Je vous assure que j'ai encore du mal à le croire...

— Quand on reçoit d'une main, il faut savoir donner de l'autre..., a expliqué Thomas.

— Il s'agit d'ailleurs d'une affaire qui dépasse nos simples personnes..., a repris Marc. Le sort de la ville est en jeu, mais vous savez tout cela, bien entendu...

L'inspecteur a vidé son verre. Puis il a allongé le bras pour que nous lui en servions un autre. Il cherchait à se donner un air futé qui n'était pas celui que nous attendions.

— Ce que je sais..., a-t-il fini par nous concéder d'une voix pateline, c'est que la Camex mériterait d'être démolie pierre par pierre et toute sa machinerie envoyée à la casse...! On peut m'accuser d'avoir quelques faiblesses, mais moi je ne suis pas un assassin! J'ai peut-être accepté vos cadeaux, mais je n'ai jamais dit que je rendrais un avis favorable, ça sûrement pas...

Le silence qui a suivi ces paroles nous a permis de constater qu'il pleuvait toujours avec la même violence. On aurait pu imaginer qu'une bande de rats affamés s'entr'égorgeaient sur le toit.

Marc a écarquillé les yeux en adoptant une mine songeuse. Puis il a fait claquer sa langue :

— Eh bien..., nous a-t-il interpellés. Vous voyez à quel genre d'individu nous avons à nous frotter...? Sous les oripeaux se cachait une belle âme et nous ne l'avions pas aperçue...

Il s'est penché pour examiner le sol entre ses jambes et du plat de ses semelles a produit de légers clapotis sur le centimètre d'eau qui recouvrait toute la pièce.

— J'ai bien envie de vous jeter dehors..., a-t-il murmuré à l'adresse de l'impitoyable. Vous, vos valeurs, votre hypocrisie et votre assurance... !

— Si tu veux, je m'en charge... ! s'est proposé Thomas.

— Tu es gentil... Mais inutile de te donner cette peine. Je saurai bien m'en occuper le moment venu. Car il y aura forcément un moment, tu peux en prendre le pari, où ma tolérance sera épuisée...

— Eh bien, je ne devrais pas te dire ça..., a déclaré Thomas en lui posant une main sur le bras. Mais j'admets qu'il ne l'aura pas volé.

Marc s'est levé et il est allé s'installer devant la cheminée pour méditer la question. Jackie a demandé à Thomas s'il ne voyait pas d'inconvénient à ce qu'elle aille le réconforter un peu.

— Mais bien entendu ! l'a-t-il rassurée. Tu as besoin de ma permission... ?

— Ma foi, avec toi, on ne sait jamais...

Dès qu'elle a eu tourné les talons, Thomas a baissé la voix et pris un air de conspirateur pour nous informer que le fossé se creusait entre elle et lui et que la communication devenait de plus en plus mauvaise. Puis il a ajouté, après avoir vérifié que les deux autres étaient plongés dans leur conciliabule, que la vie d'un couple lui apparaissait comme un entonnoir, ou si l'on préférait comme un siphon que des cheveux finissaient par boucher.

— On croit qu'ils disparaissent, a-t-il soupiré, mais ils s'emmêlent jour après jour les uns aux autres sans qu'on y fasse attention, et un beau matin, il n'y a plus rien qui passe et les mauvaises odeurs remontent. N'importe quel plombier vous expliquera qu'on ne peut rien contre ça. C'est automatique...

Le regard appuyé qu'il attardait sur Eileen signifiait qu'il acceptait malgré tout cette sorte de thrombose relationnelle avec philosophie et qu'impuissant à combattre cet engorgement, il comptait réserver ses forces pour se lancer dans une nouvelle aventure qui, s'il ne tenait qu'à lui, pouvait commencer séance tenante.

— Voyons Thomas..., lui a-t-elle répondu, je suis certaine que tout va s'arranger. Ayez confiance...

— Non, c'est sans espoir..., a-t-il affirmé dans un souffle, feignant de se trancher la gorge avec le pouce.

— *Mais allons donc... !* a raillé l'inspecteur, une invisible bave aux lèvres. Découpez-moi en morceaux, pendant que vous y êtes... ! Vous pourrez me transporter dans des valises ou me disperser dans la forêt... !

Thomas s'est tourné vers lui. Marc et Jackie se sont également interrompus pour voir ce qui lui arrivait. Mais il n'a pas retenu notre attention plus de quelques secondes et n'y a gagné que de tristes hochements de tête, révélateurs de ce que nous pensions de lui.

— Je ne sais même plus ce que je disais..., s'est plaint Thomas. Enfin bref... Eileen, est-ce que vous accepteriez de venir pêcher avec moi... ? Patrick, je ne te demande même pas de nous accompagner car tu n'aimes pas ça...

169

— Est-ce que c'est vrai... ? m'a-t-elle interrogé.

— Ni oui ni non... J'aime bien m'allonger dans l'herbe pour regarder Thomas...

— Ne l'écoutez pas ! Il s'arrange toujours pour venir vous perturber d'une manière ou d'une autre... ! Même s'il se tient tranquille, il trouve le moyen de vous vriller son regard dans la nuque... ! Non, moi je vous propose du sérieux, simplement vous et moi, *mano a mano*... !

— Vous devriez accepter..., a lancé Jackie dont une oreille devait traîner. Il est vraiment très fort pour ce qui concerne la pêche...

— Vous voyez... ? Je n'invente rien..., a-t-il glissé entre ses dents. Alors... ? (Il a repris une voix normale.) Qu'en dites-vous... ? Nous partirions un samedi matin, juste avant le lever du jour... Je connais des endroits magnifiques, à vous couper le souffle, Patrick peut vous le dire...

J'ai reconnu que c'était la vérité. Puis nous avons tous fait un bond car un arbre s'est abattu sur le toit. Nous savions que c'était un arbre avant même d'être sortis pour aller vérifier ce qui nous était tombé dessus dans un grincement épouvantable.

Il était aux environs de minuit quand nous avons distribué les cirés. Thomas s'est réjoui que nous n'en ayons pas un à offrir à l'inspecteur qui semblait particulièrement sensible à l'incident. On aurait dit qu'il nous tenait pour responsables, à la façon dont il évoquait *notre* fichue montagne, *notre* stupide cabane et *nos* maudites inondations. Mais personne ne lui a répondu. Marc et Thomas ont filé au premier pendant que je rassemblais les torches et que les filles se racontaient je ne sais quoi à propos de l'hygiène masculine. Ils sont revenus nous dire qu'apparemment, la charpente tenait bon et que l'on ne pouvait déplorer que de nouvelles fuites, ce qui n'était plus de nature à nous contrarier, au point où nous en étions.

Nous avons traversé à reculons le marécage bouillonnant qui avait remplacé l'esplanade où, quelques heures plus tôt, de l'herbe et les dernières pâquerettes, sous la tendre luminosité d'un ciel pur, nous offraient encore un si joli ballet. Sans imperméable, sans lampe et sans amis, Victor Brasset restait à l'écart et parlait tout seul car aucun de nous ne répondait à ses questions, ni ne désirait connaître son avis. Ce qu'il nous désignait avec de grands gestes, ce qu'il nommait à grands cris pour couvrir le bruit de la cataracte, nous n'avions pas besoin de lui pour le voir. Nos torches éclairaient la façade et le grand sapin qui s'était couché sur le toit, la cime braquée vers nous, à quarante-cinq degrés en direction du ciel fuligineux, comme le gigantesque et menaçant timon d'une charrette à foin.

Par acquit de conscience, car aucune surprise ne nous y attendait, nous sommes tout de même allés inspecter ce qui se tramait derrière la maison. L'opération n'a pas été aussi facile. Transformé en véritables torrents boueux jaillissant de part et d'autre de la bâtisse, le violent ruissellement qui dévalait de la montagne crachait comme un pipeline à deux têtes. Nous avons choisi le geyser de droite qui nous semblait moins fougueux. Thomas est passé devant pour nous montrer qu'il en avait vu d'autres et que son équilibre était à toute épreuve. Le reste de la bande a progressé en se plaquant au mur du chalet, à l'attaque d'un flot d'écume et de boue qui lui montait à mi-cuisse. Venait en queue, haineux et trempé jusqu'à l'os mais décidé à ne pas nous quitter d'une semelle, notre impayable inspecteur qui ricanait à l'idée que nous finirions nos jours en prison.

« Encore un peu, et nous étions ensevelis... ! » a lancé Thomas. C'était exagéré. Certes, le terrain avait glissé et s'était affalé contre la maison. Certes, l'on aurait pu penser que le chalet avait été construit au milieu d'un torrent, mais si le tableau était spectaculaire, il n'était pas si terrifiant qu'on l'eût cru au premier abord. Il y avait surtout beaucoup d'eau et celle-ci s'écoulait librement et atteignait à peine le niveau des fenêtres. À présent qu'il s'était éboulé, le terrain offrait une déclivité moins forte et ne risquait plus de s'affaisser dans l'immédiat. La seule chose que nous ayons à craindre était qu'un arbre ne s'effondrât à nouveau sur le toit. Et il s'en trouvait deux ou trois pour nous donner du souci et plus ou moins gîter dans la lumière de nos torches.

« Eh bien, à la grâce de Dieu... ! » a déclaré Marc en nous lançant le signal du départ. Comme il s'empressait d'effectuer son demi-tour, Victor Brasset a trébuché et a aussitôt été emporté par le courant moussu et chocolateux que nous avions affronté quelques minutes plus tôt. « Prenez garde !

On dirait que ça glisse...!» nous a prévenus Thomas.

Notre retour s'est déroulé sans encombre.

— C'est bien ce que je pensais... Vous êtes complètement fous...!! a grincé l'inspecteur en nous voyant passer la porte. J'espère que vous allez vous prendre toute la maison sur la tête... '! nous a-t-il crié tandis que nous refermions la porte sur sa dégoûtante apparition.

Mais à peine étions-nous débarrassés de nos cirés et nous ébrouions-nous avec un parfait ensemble qu'il est entré à son tour et a demandé des pansements pour ses écorchures. Marc s'est fendu d'un léger signe du menton pour lui indiquer la salle de bains du bas.

Pendant que Jackie et Eileen préparaient des infusions et que l'autre réintégrait une salle de bains, au cours d'une même journée, pour la première fois de sa vie, nous avons déplacé les fauteuils vers un angle de la pièce, là où le toit était le plus bas et à l'écart des poutres les plus grosses. Ensuite, nous sommes allés dans l'arrière-cuisine afin de vider les étagères inférieures, d'autant que de petits jets d'eau nerveux, en provenance de la fenêtre, les arrosaient aimablement. Par chance, les volets étaient fermés et avaient épargné les carreaux que la pression aurait fait voler en éclats, mais vingt centimètres d'eau brune, prise en sandwich et singeant un piteux aquarium, alimentaient les giclettes de l'embrasure. Comme nous les considérions avec intérêt, nous avons remarqué que le châssis tout entier avait bougé. Une observation plus attentive de l'ensemble, que notre éclairage de fortune nous avait dissimulé, nous a permis de constater que le mur avait souffert dans son entier. Thomas a évalué à vue de nez que tout l'arrière de la maison s'était enfoncé d'un bon pas. Il a plaisanté en déclarant que cela réduisait la surface habitable. Quoi qu'il en soit, et bien que nous n'eussions que de vagues connaissances en matière d'architecture et de résistance des matériaux, cela nous a tout de même semblé ennuyeux. Après en avoir discuté, nous avons décidé de ne pas en parler aux filles. Notre abri était ce qu'il était, mais nous n'en possédions aucun autre pour le moment. N'importe quel imbécile se serait rendu compte — et Victor Brasset nous en avait fourni la preuve — qu'il était impossible de regagner la ville. Et nous étions persuadés que la baraque n'allait pas s'écrouler d'un coup. Dans ces conditions, mieux valait garder pour nous notre macabre découverte. Nous avions tous les trois à l'esprit ce proverbe chinois qui permet d'éviter à l'homme une humiliation inutile : « Quand il ne sait pas quoi faire, le Sage évite d'aller réveiller sa femme. »

Sur les conseils de Thomas, qui lui a expliqué que l'on ne pouvait pas écarter le pire, Marc a fini par nous charger les bras de ses meilleures bouteilles de vin, les serrant contre sa joue au passage.

Comme nous sortions de la cuisine, nous avons croisé l'inspecteur. Pour se rendre intéressant, il nous a prévenus qu'une eau sombre coulait des robinets. Eileen a dit que c'était la vérité, qu'elle avait dû se servir d'une bouteille d'eau minérale pour préparer l'infusion.

— Alors..., on continue de penser que tout va très bien... ? s'est moqué l'inspecteur.

— Ma parole, mon vieux, mais vous êtes un vrai pousse-au-crime... ! lui a lancé Thomas. S'il vous arrive quelque chose, ne venez pas vous plaindre ! Non, mais c'est vrai, à la fin... !

Nous nous sommes réinstallés dans nos fauteuils avec les vins et l'infusion, satisfaits d'avoir jeté de nouvelles bûches dans la cheminée et regarni la maison de chandelles. Il a tourné autour de nous tel un animal craintif, affamé et solitaire, les mains dans les poches de son costume souillé par ses diverses aventures, la mèche luisante, la cravate en accordéon, la chemise collée à la peau, le pantalon flasque, le teint livide et les souliers sous l'eau jusqu'à hauteur des lacets.

Tandis que nous riions d'un commentaire d'Eileen au sujet de cette première sortie qu'elle effectuait avec nous, il s'est amené une chaise mine de rien, l'a placée quelque peu en retrait et y a pris place en pliant les genoux de façon à caler ses pieds au sec sur le barreau.

— Allons... Donnez-lui tout de même un verre..., a soupiré Marc.

— Oh, n'essayez pas de m'amadouer..., a répliqué l'autre.

Jackie s'est accrochée à son dossier pour lui faire face :

— Mais enfin, quel genre d'homme êtes-vous donc... ?

— Ma foi, chère madame, c'est une vaste question... Tout est affaire de situation, j'imagine...

— Mmm... Je vois... C'est selon que le vent tourne...

— Pas forcément dans le sens où vous l'entendez. Voyez-vous, je suis désolé, mais je n'aime pas cette ville. J'ai écouté tous ces gens qui sont venus pleurnicher pour qu'on laisse votre usine continuer à déverser ses saletés dans la rivière. Ils m'ont dégoûté, si vous voulez savoir...

— ... et Laurence vous a forcé à la suivre... ! a ironisé Thomas qui mimait du geste une manière d'invitation. Et si vous avez empoché l'argent, c'est en capitulant sous la menace... Pardi ! Ne vous cassez pas la tête, c'est bien ce que nous avions compris... !

— À ce propos, je vous signale au passage que l'argent a disparu... Mais ce n'est pas grave, je trouve que c'est de bonne guerre. Non, ce que je voulais vous dire, c'est qu'on peut me reprocher de cracher dans la soupe. Ce n'est pas l'opinion que vous avez de moi qui la rendra plus claire.

Thomas s'est penché vers lui en plissant des yeux :

— Vous alors... Vous êtes un drôle de vicieux... ! lui a-t-il grogné avec un léger hochement de tête. Si j'ai bien compris, votre main droite ignore ce que fait votre main gauche, et vice versa... Dites-moi, mais ça doit être pratique... ! Écoutez, je vais vous dire une chose... Je crois que vous manquez de respect pour les gens. Et vous n'êtes pas le seul, je crois que c'est une attitude qui a tendance à se répandre de plus en plus, dans tous les domaines. Et vous savez ce qui va se passer si l'on continue à traiter les gens avec le mépris et l'arrogance dont on les saoule aujourd'hui... ? On verra de nouveau des têtes se balader au bout d'une pique... !

— Lorsque nous étions plus jeunes, a confié Jackie à Eileen, j'ai rencontré Thomas à une réunion du parti communiste...

— Non, mais tu ne crois pas que j'ai raison... ? Je regrette, mais d'imaginer que cet individu a la possibilité de me mettre au chômage, je ressens ça comme une atteinte à ma dignité.

— N'aie crainte, Thomas, nous n'en sommes pas encore là..., l'a rassuré Marc.

— Je sais... Mais n'empêche que ça ne change rien à ce que j'ai dit. C'est une question de principe. Et je le répète : l'idée que l'on puisse disposer de mon sort est une atteinte à ma dignité. (Il s'est adressé à l'inspecteur avec un doigt pointé vers lui :) Ça me trottait dans la tête depuis le début... Alors mon vieux je vais vous donner un conseil : ne venez pas trop m'emmerder...

— Tu n'as pas besoin d'être grossier... ! lui a reproché Jackie.

— Peut-être... ! Mais je considère qu'il m'a insulté.

Marc s'est penché pour lui remplir son verre.

— Thomas, sur ce point, je suis tout à fait d'accord avec toi...

— Enfin, si vous allez par là..., a glissé l'inspecteur, la pollution de votre usine est une insulte à l'humanité tout entière.

Cette réflexion a jeté un froid. Nous avons connu quelques secondes de silence.

— Moralité : nous ne valons pas mieux les uns que les autres... ! ai-je plaisanté pour détendre l'atmosphère.

Victor Brasset a été le seul à sourire. Visible-ment, il était satisfait de sa repartie. Il a tendu son verre en déclarant que le vin était délicieux. Thomas l'a repoussé d'une main, sans le regarder.

— Oh ! Oh ! s'est exclamé l'inspecteur. On dirait que je suis puni... ! ?

— Ça va, fermez-la... ! a répondu Thomas.

— C'est vrai que vous êtes grossier, vous savez... ? Vous êtes sûr que ce n'est pas une habi-tude ? Allons, qui aura l'amabilité de me servir un verre ? Un peu de courtoisie n'a jamais tué per-sonne...

Thomas l'a repoussé de nouveau.

— Ah ! Mais en voilà un animal... ! a lâché l'ins-pecteur qui tentait de forcer le barrage.

En un éclair, Thomas a saisi une bouteille et la lui a brisée sur la tête.

Nous en avons tous été aspergés tandis que l'ins-pecteur s'effondrait sur le sol.

Nous en avons tous bondi pendant que Thomas grondait que « ce bougre de con l'avait bien cher-ché ».

Je me suis empressé de retourner l'inspecteur de peur qu'il ne se noyât s'il n'était déjà mort. Marc m'a aidé à le transporter sur le canapé et Thomas nous a demandé ce qu'il avait. Jackie s'est approchée en gardant la main sur la bouche. J'ai lancé un œil noir à Thomas.

— Il a dit que j'étais un animal... ! s'est-il expliqué d'une voix plaintive.

— Je te garantis qu'il a vu juste... ! lui ai-je renvoyé.

Je me suis glissé entre Jackie et Eileen pour voir comment ça se passait. Et je ne sais pas ce qui m'a pris, mais j'ai glissé mon bras autour de la taille d'Eileen. Bien que le mal eût été fait, je m'en suis excusé et ai aussitôt rebaissé les yeux sur le gisant. Je m'en suis voulu pour cette maladresse.

— Est-ce que... ? ai-je soufflé.

— Ma foi..., a murmuré Marc.

Puis Jackie nous a annoncé qu'il respirait, mais qu'elle réservait son diagnostic.

Ensuite, nous avons dû ceinturer Thomas qui s'était jeté sur l'inspecteur et le secouait dans tous les sens en lui ordonnant de se réveiller. Marc l'a tenu dans ses bras jusqu'à ce qu'il se calme. Il lui a débité quelques propos apaisants tandis que je réinstallais au mieux l'inconscient, qu'Eileen lui glissait un coussin sous les jambes et que Jackie lui desserrait sa cravate et lui ouvrait son col.

Jackie était furieuse contre lui. Elle lui a demandé s'il cherchait à le tuer pour de bon. « Est-ce que l'on sait s'il n'a pas une fracture du crâne... ? ! J'ai même du mal à sentir son pouls, si tu veux savoir... ! Mais tu es devenu fou, ma parole... ! »

Comme il l'asseyait dans un fauteuil, Marc lui a arraché un gémissement. Il l'a saisi par les épaules et lui a dit quelque chose à voix basse, de sorte que nous n'avons rien entendu.

Il nous a rejoints au chevet de Victor Brasset qui, trempé et crotté de la tête aux pieds pour tout arranger, n'offrait pas un vaillant spectacle.

— C'est entièrement de ma faute..., a-t-il marmonné. C'est moi qui aurais dû le réduire au silence. Je suis responsable d'avoir laissé Thomas agir à ma place...

Jackie a dit qu'il y avait plus urgent que d'établir les parts de responsabilité.

— Tu penses que nous devrions commander un hélicoptère... ? a soupiré Marc.

Elle a répondu que nous pourrions au moins panser la plaie et peut-être lui trouver quelques vêtements secs.

Je suis allé à la salle de bains et me suis plongé dans la pharmacie. Je me suis répété que nous avions un sérieux problème car la situation était si extravagante que je craignais de ne pas bien saisir la réalité. Je me sentais aussi de plus en plus troublé par Eileen. Aussi bien découvrais-je avec une certaine inquiétude que Thomas n'était pas le seul à souffrir d'élans incontrôlables. Et cela me tracassait d'autant plus que je ne parvenais pas à envisager de vraies relations avec une femme. L'expérience que j'avais connue avec Marion m'avait à jamais coupé l'envie de retenter quoi que ce soit dans ce domaine. J'avais du mal à l'admettre, mais c'était une réelle panique qui s'installait au fond de moi et qui croissait à proportion de l'attirance que j'éprouvais pour elle. Sans très bien me l'avouer, j'ai inspecté le contenu de la pharmacie pour le cas où j'aurais mis la main sur un quelconque anaphrodisiaque ou autre sédatif puissant, mais l'occasion ne s'est pas trouvée. Durant un instant, le regard vague, je me suis remémoré les quelques jours qui avaient précédé. Comment avais-je pu ignorer le danger ? Assommé, je me suis assis sur mes talons. Comment se faisait-il que l'alarme n'ait pas fonctionné ? Je me revoyais tournant autour d'elle, lui écrivant mes petits mots, la retenant dans mon salon, lui offrant une tisane... J'avais l'impression de m'être laissé clouer à la porte d'une grange sans même m'en apercevoir. Qu'est-ce qui avait bien pu m'aveugler à ce point ? Et par quel miracle me réveillais-je tout à coup ? Il était un peu tard, mais pas *trop* tard, Dieu merci ! Seulement, je n'avais pas intérêt à m'endormir de nouveau. Cette éventualité m'a effrayé un court instant car j'ai soudain réalisé qu'au cours de mon sommeil, *je me croyais éveillé...* ! J'en ai frémi. Les spectres de mes conflits avec Marion sont revenus et ont dansé autour de moi. J'ai cru que j'allais redégringoler au bas de la pente. Mais dans un sursaut, je me suis mordu la main avec la force d'un enragé. Et j'ai tenu bon, jusqu'à ce qu'ils disparaissent.

L'eau qui coulait des robinets était effectivement si sombre que j'ai renoncé à y passer ma blessure. Je l'ai toutefois aspergée d'antiseptique et me suis bandé la main avant de rejoindre les autres en boitillant. Malgré le peu de plaisir que j'avais à m'être mordu si cruellement, j'avais bon espoir que la douleur me garderait les yeux ouverts.

J'ai déclaré que ça n'était rien, que j'avais cassé un verre à dents. Jackie a soupiré qu'il y aurait bientôt plus de sang que d'eau à couler dans cette maison. Avec l'aide d'Eileen, elle a commencé à s'occuper de l'inspecteur tandis que les deux autres se frappaient la poitrine en silence.

Je suis monté au premier chercher des vêtements. Cela m'ennuyait un peu, aussi idiot que c'était, d'habiller Victor Brasset avec des affaires que j'aimais bien. Les miennes, pour être précis. Je ne parvenais pas à me décider. Les quelques chemises et pantalons que je gardais ici savaient bien qu'ils n'étaient pas abandonnés et qu'il m'arrivait de penser à eux. J'étais en train de considérer la question avec mauvaise humeur lorsque Eileen s'est glissée dans la chambre.

De peur que la douleur ne fût pas assez vive, j'ai serré le poing.

— Je venais vous dire qu'il fallait aussi des sous-vêtements..., m'a-t-elle déclaré.

J'ai reculé d'un pas.

— Il devra s'en passer. Je n'ai pas ce genre d'article..., ai-je menti.

— Bon, eh bien tant pis... Sinon vous lui avez trouvé ce qu'il fallait ?

— Presque...

Je la regardais et j'avais l'impression de serrer un tison ardent entre mes doigts. À la vérité, j'avais failli me sectionner tout un côté de la main, au ras de l'auriculaire. J'ai dû m'asseoir sur le bord du lit pour affronter un étourdissement passager.

— Je ne sais pas si vous êtes comme moi, a-t-elle

déclaré, mais je n'aime pas me séparer de mes affaires...

— Non, moi ça m'est égal..., ai-je répondu.

Elle a souri. Je sentais le sang me poisser dans la paume.

— Vous avez de la chance..., m'a-t-elle affirmé en saisissant l'une de mes chemises au hasard.

— Ah non, pas celle-là... ! l'ai-je arrêtée.

— Non... ?

J'ai baissé la tête.

— Prenez-la..., lui ai-je dit. Je vous la donne.

Comme elle hésitait, je me suis mis à marteler le montant du lit de mon poing abîmé.

— Je vous en prie, Eileen... Faites-moi ce plaisir, ai-je continué d'une voix vibrante. Passez-la... Je vais me tourner, mais passez-la, soyez gentille... Faites-le, si vous avez la moindre sympathie pour moi... !

Entre parenthèses, je n'ai pas manqué de me réjouir à nouveau du mauvais éclairage de la maison. Plongée dans l'ombre, la bouillie sanguinolente que j'exprimais de mon pansement en tapant du poing sur le bois lui a échappé. De mon côté, la douleur était telle que je ne risquais pas de m'endormir. Je me faisais si mal, et par là me sentais si bien protégé d'un traître engourdissement, que j'étais en mesure d'affronter une situation assez dangereuse.

Lorsque j'ai vu qu'elle allait s'exécuter, je me suis mis face au mur, un œil fixé sur le battant de l'armoire à glace que j'orientais du bout du pied. La voix emplie d'une émotion que je parvenais à contenir, je l'ai suppliée de mettre également l'un de mes pantalons. « Je vous en expliquerai la raison une autre fois..., lui ai-je promis. Mais ne me demandez rien pour l'instant... Oh ! je vous remercie du fond du cœur... ! »

Certains soirs, quand Marc m'entraînait chez Louisa, nous nous quittions au moment où il montait avec une fille. Ce n'était pas une question d'argent car, bien entendu, Marc prenait tout en charge. Ce n'était pas non plus parce que j'étais difficile, car l'endroit n'avait rien d'un bordel de bas étage et la plupart des filles me plaisaient. Non, c'était simplement que ce genre de choses ne me disait rien et que Jackie était là si je voulais tenir une femme dans mes bras. Je ne m'étais frotté à aucune autre, depuis que nous nous étions séparés, Marion et moi. Cela ne m'avait pas manqué, pour autant que j'y réfléchissais. J'imagine qu'il ne s'était pas présenté d'occasion exceptionnelle et que je ne l'avais pas cherché non plus. Quoi qu'il en soit, à présent que j'observais Eileen, je devais bien me rendre à l'évidence. Le fait qu'elle ne portât pas de sous-vêtements, pour l'heure, n'était qu'un détail sans importance et auquel je ne prêtais pas une énorme attention. Je continuais de frapper mollement du poing sur le montant du lit. Cela n'avait plus beaucoup d'effet. La douleur s'était envolée, ou plutôt se déplaçait vers ma poitrine. Je crois que mes yeux étaient écarquillés, mais plus de stupeur que d'autre chose, si jamais ils l'étaient. Car enfin, elle était la première femme que je désirais vraiment depuis une éternité. Et à mesure que j'en prenais conscience, je réalisais que je ne pouvais rien y faire.

CHAPITRE CINQ

(Où Patrick Sheahan nous inquiète)

Certes, je ne pouvais rien y faire, mais je pouvais toutefois le garder pour moi. Je me suis relevé tandis qu'elle boutonnait son pantalon — preuve qu'elle n'était pas si grosse que d'aucuns l'avaient prétendu. Elle avait même, selon moi, et eu égard aux restrictions que je m'étais infligées, des rondeurs furieusement féminines. Je me découvrais soudain un appétit que la minceur de Jackie aurait du mal à satisfaire, dorénavant. Il faudrait sans doute que je la décide à manger quelques sucreries, en plus de son riz complet, et qu'elle ne se contente pas d'offrir sa confiture d'églantines aux autres. Elle n'avait qu'à prendre exemple sur Eileen et se remplir les poches de chocolat.

Je plaisantais. Jackie et moi ne pouvions plus rien nous apporter l'un à l'autre. Elle participait des doux effondrements de ma vie, au même titre que mon travail à la Camex-Largaud et la décoration de mon salon. J'avais connu des chutes plus brutales, mais celle-ci était d'une lenteur et d'une profondeur exaspérantes. J'ai soupiré pendant qu'elle m'aidait à raccrocher mes chemises dans l'armoire.

Comme nous étions entre le lit et le meuble, il m'est tout de suite apparu qu'elle me bouchait la sortie. Glic ! Gluc ! faisait mon pansement dans ma main, tandis que nous restions plantés l'un en face de l'autre dans la pénombre, avec un lit à nos côtés et rien pour nous empêcher d'y basculer. J'ai légèrement écarté les jambes pour assurer mon équilibre car son odeur devenait aussi nette qu'un trait de crayon gras sur du papier blanc.

— Est-ce que je vous plais, comme ça... ? a-t-elle murmuré pour mettre fin à une tension que je trouvais insupportable.

— Vous êtes parfaite... Maintenant, pardon, excusez-moi..., ai-je déclaré en feintant sur l'aile droite et en me dégageant vers la sortie.

J'ai laissé Marc et Jackie s'occuper du changement de garde-robe. Non que je répugnasse à une tâche qui promettait de tristes découvertes, mais je réalisais un peu tard que je n'appréciais pas plus de donner mes chemises à l'inspecteur que de le voir enfiler des affaires encore tout imprégnées de la chaleur et du parfum d'Eileen. J'ai rejoint Thomas pour me servir un verre que j'ai vidé dans la seconde. Je me suis tourné vers lui pour ne pas la regarder traverser la pièce.

— Tu as devant toi un assassin..., a-t-il gémi.

— Mais non, pas encore..., l'ai-je rassuré.

— À elle aussi, tu lui as donné une chemise... ? a-t-il remarqué d'une voix éteinte.

J'ai balayé sa question d'un geste.

190

— La vérité, c'est que nous sommes toujours sur la brèche..., a-t-il philosophé. On oublie qu'un gouffre béant nous guette de chaque côté.

— Tu l'as dit..., ai-je répondu sans parvenir à lui prêter toute mon attention.

Je lui ai demandé s'il avait envie de manger quelque chose.

— Tu es gentil, Patrick, mais ça ne passera pas, j'en ai bien peur...

Je me suis levé au moment où elle s'asseyait. Je n'avais pas oublié à quel point Marion avait changé, aussitôt après notre mariage, et quel enfer j'avais dû supporter. Je me suis approché de Jackie, me suis penché au-dessus d'elle en la prenant avec douceur, et d'une manière ostensible, par les épaules. Je l'ai interrogée sur le bon déroulement des opérations et en ai profité pour subtiliser une bande et une compresse. J'ai jeté un coup d'œil à Marc qui finissait de boucler le pantalon de l'inspecteur et qui a prétendu que si celui-ci en réchappait, ce serait la crasse qui le tuerait un beau jour.

Je me suis accroupi devant la cheminée pour me débarrasser de mon pansement. Je l'ai observé pendant qu'il brûlait dans les flammes, je l'ai vu se tordre et se calciner et j'ai baissé la tête. Ensuite, je me suis rebandé la main et j'ai pensé que j'avais quarante-cinq ans. Mais je ne savais pas par quel bout je devais le prendre.

Pendant que je préparais une soupe à l'oignon — je leur avais proposé différents paquets —, la citerne de fuel a dégringolé au bas de la montagne, emportée par le ravinement qui avait descellé ses cales de béton. C'était donc le moment, pour fêter l'arrêt des radiateurs, de servir quelque chose de chaud. Comme il nous restait un peu de pain, j'en ai découpé quelques rondelles que j'ai fait frire à la satisfaction de chacun. J'ai souri à part moi lorsque Jackie est venue voir ce que je fabriquais et m'a confié qu'il ne fallait pas abuser des produits déshydratés sous le prétexte que c'était un bon moyen pour grossir. Elle a ajouté que c'était maintenant, plus que jamais, que nous devions nous montrer vigilants. D'après elle, les kilos que nous prendrions à présent pourraient bien nous accompagner jusqu'à la tombe.

J'ai fini par lui glisser que, pour ce qui la concernait, elle pouvait se permettre certains écarts que je serais bien le dernier à lui reprocher.

Elle ne m'a pas répondu tout de suite. Elle a profité que je tenais d'une main le rebord de la table, devant laquelle j'officiais, pour venir m'y presser son entrejambe. J'ai levé les yeux pour m'assurer que personne ne nous regardait mais ils étaient en train de discuter dans l'angle le plus reculé de la pièce et, une fois encore, notre piètre éclairage me convenait.

— Est-ce que tu me verrais plus en chair... ? a-t-elle plaisanté en soulignant son interrogation de molles pressions de son bas-ventre.

— Pourquoi pas... ? ai-je murmuré.

— Cela réveillerait-il tes humeurs... ? a-t-elle poursuivi sur un ton amusé.

Je lui ai souri du coin de l'œil. À travers sa jupe, malgré un épais collant de saison aux fleurs mauves et une culotte dont je sentais les élastiques, j'ai fait en sorte de la rassurer sur mon état d'esprit au moyen de caresses amicales. Ce n'était pas notre genre de nous livrer ainsi en spectacle et de déroger aux strictes consignes de sécurité que nous nous étions imposées, mais tout semblait aller de travers. La baraque partait en morceaux et le reste était à l'avenant. Chacun essayait de se raccrocher à ce qu'il pouvait. Pour ma part, et malgré certaines gesticulations qui ne m'avaient guère avancé, à aucun moment je n'avais perdu de vue que Jackie était une belle femme. Je ne trouvais sans doute pas auprès d'elle tout ce qu'un type un peu compliqué pouvait espérer, mais elle y allait de bon cœur lorsque nous étions ensemble et n'était pas la dernière à en redemander. Je tâchais de ne pas l'oublier en gardant ma main entre ses jambes, surtout depuis qu'avisée du peu d'attention que l'on nous témoignait, elle s'était mise à me tâter les fesses, un doigt replié dans la raie. Sur le coup, je me suis senti tellement ingrat avec elle que j'aurais aimé l'enlacer et la remercier du fond du cœur pour toutes les tendresses qu'elle avait eues à mon égard et dont j'avais si bien profité. La colère que j'éprouvais alors contre moi m'envahissait, m'emperlait le front de sueurs froides. Je prenais conscience que tout en moi n'était pas mauvais, versatile, aveuglé par des chimères, vautré dans un désespoir impuissant, déraisonnable, futile et trop indifférent, ces derniers temps, à l'amitié qui me liait aux trois autres et qui était la seule chose qui ne m'ait pas déçu dans la vie. J'aurais voulu l'expliquer à Jackie, lui dire qu'elle me suffisait, que Marc et Thomas me suffisaient, que cette vie était bien assez bonne et que je n'avais pas l'intention d'y changer quoi que ce soit.

Je n'avais pas, malheureusement, le loisir de lui tenir un long discours. Mais au mépris du danger, et parce qu'il fallait que je fasse quelque chose, je l'ai entraînée dans la cuisine et durant trois minutes — j'estimais que davantage aurait été de la folie et aurait intrigué les autres —, je l'ai embrassée avec toute la tendresse dont j'étais capable, la serrant si fort dans mes bras que j'aurais pu l'étouffer.

Je suis ressorti le premier. J'ai regardé où en était ma soupe. J'étais heureux d'avoir remis les choses en ordre. Satisfait d'avoir tranché en faveur du plus sage. Que ce délicieux et tendre baiser ne m'eût pas tout à fait convaincu me montrait à quel point j'avais dévié de ma route. « Tu as réagi à temps, mon petit Patrick... ! me suis-je encouragé. Dieu sait à quoi tu t'exposais... ! » J'ai disposé les croûtons sur une assiette en leur donnant la forme d'une spirale au sommet de laquelle j'ai planté un petit parapluie de papier coloré.

Jackie m'a rejoint et m'a aidé à dresser la table. Je n'avais pas la prétention d'être un type qui embrassait particulièrement bien, mais elle semblait encore toute retournée par l'exercice. Elle était ma seule et merveilleuse amie, j'étais fier de l'avoir mise dans cet état. « Bon Dieu ! Et tu ne perds rien pour attendre... ! » lui ai-je soufflé à l'oreille alors que je me penchais au-dessus de la table pour placer les couverts. Jackie n'était pas femme à rougir. Elle s'est contentée de me cligner de l'œil et a volé un petit croûton. Cela partait d'un bon sentiment.

Si Jackie et moi étions soudain de parfaite humeur, il n'en allait pas de même pour les autres. Marc et Thomas paraissaient avoir touché le fond et entraîné Eileen dans leur chute. Je leur ai demandé s'ils croyaient que nous nous étions donné tout ce mal pour rien, Jackie et moi. « Qu'est-ce qu'il a ? Il est pas mort... », ai-je affirmé après avoir jeté un regard à l'inspecteur que l'on distinguait assez mal, à la vérité. Marc n'a rien dit mais il a eu l'air de me reprocher une mauvaise estimation des difficultés que nous rencontrions. Je l'ai fixé une seconde, puis j'ai ajouté qu'*un esprit abattu desséchait les os.*

Je me suis assis en face de Jackie après avoir placé Eileen à l'autre bout de la table. J'ai servi du vin et la soupe fumait dans nos assiettes, mais l'ambiance n'était pas fameuse. J'en étais gêné d'avoir une érection malgré mes efforts pour ne pas trop regarder Jackie. La nappe d'eau qui s'écoulait à travers la pièce avait peut-être un effet démoralisant. Elle avait pris de la vigueur, glougloutait autour des pieds de la table et bouillonnait devant la porte. Les fuites, en provenance du toit, étaient également plus drues et plus nombreuses, et, bien qu'elles n'eussent pas présenté d'ennuis particuliers, ajoutaient à l'atmosphère lugubre que les lueurs vacillantes des bougies mêlées à la blancheur spectrale d'une lampe à gaz renforçaient. Thomas a avalé ma soupe en silence. Marc y a goûté et m'a félicité avant de repousser son assiette. Eileen était si loin que je ne savais pas ce qu'elle faisait.

Jackie et moi avons échangé des variantes sur la recette de la soupe à l'oignon, mais le cœur n'y était pas et je constatais que mon entreprise tournait à l'échec. Ils ne levaient même plus les yeux pour s'inquiéter des grincements et des craquements du toit et manipulaient leurs couverts sans but précis.

Je n'aimais pas la manière dont Marc se comportait. Je savais qu'il ruminait quelque chose et je ne le quittais pas de l'œil tout en m'échinant à relancer une conversation qui refusait de démarrer. Il n'y avait pas grand-chose à dire, de toute façon. Tant que nous ne saurions pas si l'inspecteur allait s'en tirer ou non, toute discussion était inutile.

Je n'aimais pas la manière dont Marc prenait les choses car je le connaissais. Il valait mieux que moi, dans bien des domaines. Lorsque nous étions plus jeunes, je rêvais de lui ressembler. Il m'apparaissait quelquefois comme un être lumineux, doué de qualités que je ne pourrais jamais atteindre. Aussi bien n'y étais-je pas parvenu avec le temps, mais je savais de quoi il était capable. Personnellement, j'avais l'esprit assez tordu pour me demander quelle aurait été ma vie s'il n'avait pas pris autant soin de moi, s'il n'avait pas été là quand il le fallait. Cela me rassurait sans doute de penser que je n'avais pas commis un tel gâchis tout seul. Et aussi, je me sentais parfois plus humain que lui, conscient de sommets vers lesquels je ne pourrais jamais me hisser. Je devais accomplir des efforts pour me maintenir à son niveau tandis que lui agissait de façon naturelle. Et ces efforts alimentaient mes sombres réflexions, cette partie de moi qui m'avait attiré vers Eileen et m'avait presque poussé à la trahison. Il valait bien mieux que moi, je le savais, mais il n'était pas aussi rapide.

Combien de temps lui a-t-il fallu pour se lever tout à coup, sortir son arme et la braquer sur la poitrine de l'inspecteur ? Deux secondes ? Trois secondes ? Les autres n'avaient pas encore réagi que j'avais déjà bondi sur la table et m'envolais vers lui d'une détente qui autrefois m'avait valu une certaine renommée sur le campus.

Le coup de feu est parti en l'air tandis que nous culbutions par-dessus un fauteuil et nous ramassions sur la table basse qui s'est effondrée sous notre poids. Je n'avais pas ses qualités, mais j'étais également plus fort que lui. Et sans doute bien plus furieux. Je l'ai désarmé sans difficulté et ai rangé le revolver dans ma poche.

— Tu ne comprends pas que c'est *moi* le responsable... ? a-t-il grogné entre ses dents.

Je suis resté un instant à cheval sur lui. Je ne lui ai pas répondu mais je l'ai aidé à se relever. Nous avons avisé Thomas qui n'avait pas quitté sa chaise et regardait la scène sans avoir l'air de comprendre.

— Crois-tu que j'aie l'intention de l'abandonner à son sort... ? Le pauvre vieux ne s'est même pas rendu compte de ce qu'il faisait...

— Écoute, je ne sais pas si je dois te... te...

J'ai fini ma phrase d'un geste qui signifiait que je ne voulais pas me donner la peine de poursuivre.

197

Eileen et Jackie nous ont apporté des serviettes car nous étions trempés une fois de plus, ce qui devenait une risible habitude. J'aurais aimé savoir ce qu'elles pensaient que nous pourrions fabriquer avec des serviettes dans l'état où nous étions. Je me suis essuyé les mains pour ne pas les vexer et Marc s'est frictionné la tête.

— N'aie pas peur de frotter... ! lui ai-je conseillé. On ne sait jamais, il pourrait se produire une lueur... !

— Alors nous allons nous mettre d'accord... ! a-t-il décidé. C'est moi qui l'ai frappé !

Il était sérieux, mais il avait gardé la serviette sur sa tête et l'on aurait dit un personnage de la Bible nous promettant les foudres du Ciel si l'on ne marchait pas droit...

— Remarquez, il aurait très bien pu faire une chute..., a envisagé Eileen.

— Ou recevoir une tuile sur la tête..., a déclaré Jackie.

— Bien entendu... ! ai-je marmonné. Mais ça n'a pas le bon goût du sacrifice... !

Nous nous sommes regardés lui et moi, puis je les ai plantés là et suis monté me changer. J'ai regretté d'avoir offert mes deux plus belles chemises. Lorsque je suis redescendu, Thomas se tenait devant Marc, et l'air emprunté, lui jurait qu'il ne savait pas quoi lui dire.

« Tu n'as qu'à la fermer... ! » lui ai-je proposé alors que je me dirigeais vers l'inspecteur. Je ne savais pas très bien pourquoi je venais le voir, car mes connaissances en matière de coma étaient limitées, mais j'ai bien noté qu'il respirait. Je me suis allumé une cigarette. Si je restais là, devant lui, c'était que je tournais le dos aux autres et rien de plus agréable ne pouvait m'arriver. Jackie lui avait confectionné un casque blanc. Elle n'avait pas jugé bon, ou avait oublié de lui nettoyer la figure, si bien que le tableau était assez surprenant.

Je croyais être en colère, puis je me suis aperçu qu'au fond je ne ressentais rien. Cette découverte s'est attardée un moment dans mon esprit pour une raison que je n'ai pas saisie tout de suite. Après quoi, j'ai réalisé que je m'étais tenu la même réflexion le jour de l'enterrement de Viviane et j'en ai été troublé. J'avais eu une très grande affection pour cette femme. Nous avions passé plusieurs années l'un près de l'autre après le départ de sa fille et je me souvenais que j'avais appréhendé le jour des funérailles, que je craignais de tomber à genoux devant sa tombe, jusqu'à l'instant où tout s'était envolé. Selon Marc, il n'y avait pas de quoi s'inquiéter, il m'avait répété que c'était une réaction normale et que cela n'avait rien à voir avec l'intensité des sentiments que j'avais éprouvés pour elle. Mais je crois que je n'avais jamais pu m'en persuader. J'en revenais toujours à cette part de moi, ce côté sombre, que je ne parvenais pas à contrôler et au travers duquel s'engouffrait et disparaissait tout ce qui parfois m'intriguait dans mon comportement. Il m'effrayait un peu, je dois l'avouer. Et chaque fois qu'il se manifestait à moi, comme à présent, je ne comprenais pas ce qu'il me voulait ou ce qu'il cherchait à me dire. Je me demandais parfois s'il était un écho de ce que j'aurais pu être, d'une vie que je menais ailleurs ou le simple négatif de mon existence. Je n'en savais rien et ne voulais pas trop y songer.

J'ai cherché à distinguer la noirceur de la nuit, derrière le ruissellement qui brouillait les carreaux. Il n'était pas très facile de démêler la part de comédie inconsciente que l'on se jouait, ni même de savoir quand on la commençait ou la finissait. Et comment ne pas agir selon ce que l'on attendait de soi-même ? Quoi qu'il en soit, j'étais bien obligé de reconnaître que ma contrariété était feinte. À l'image des larmes que j'avais versées sur la tombe de Viviane. C'était comme si j'avais pu vider la nuit de ses ténèbres en la perçant d'un trou d'épingle, sauf que je ne savais pas de quel genre d'épingle il s'agissait et que je ne voyais jamais de quelle couleur était la suite. Peut-être était-ce pour cette dernière raison que j'en étais là, titubant par instants au bord de quelque gouffre ou au pied d'une montagne et me cramponnant comme je pouvais au costume que je m'étais choisi. Quelquefois, des pans de murs entiers s'abattaient, mais une poussière épaisse restait suspendue dans les airs.

Thomas est venu dissiper ces pensées confuses. D'ordinaire, c'était qu'il sortait un poisson hors de l'eau et je sautais sur mes pieds, armé de l'épuisette, encore tout étonné des méandres de mon cerveau. Il m'a souri, mais son visage était gris comme de la cendre. Il m'a demandé une cigarette. Puis du feu. Il m'a dit que Marc était la personne la plus incroyable qu'il ait jamais rencontrée. J'ai répondu que c'était bien possible. Il a dit qu'il n'en revenait pas. Je n'ai rien répondu. Il a dit encore que c'était fou et qu'il n'était pas sûr de pouvoir accepter ça. J'ai répondu que Marc ne laisserait personne l'empêcher de faire ce qu'il avait décidé.

Il a eu un petit rire fatigué :

— Faut pas être comme ça...

— Comme quoi... ?

— Faut pas en vouloir aux autres d'être comme on est.

Je l'ai abandonné en compagnie de sa victime afin de l'orienter vers d'autres sujets de réflexion. J'ai rejoint les autres devant la cheminée alors que Marc était en train d'expliquer aux deux femmes de quelle façon les événements s'étaient déroulés, quelles étaient les places de chacun et comment il avait attrapé la bouteille pour la fracasser sur le crâne de l'inspecteur. Je l'ai observé intensément tant qu'il ne m'a pas prêté attention, occupé qu'il était à s'assurer du moindre détail, un doigt contre les lèvres, ou mimant un geste qu'il voulait préciser, puis il a levé les yeux sur moi et j'ai hoché la tête.

— Bien ! Je crois que je n'ai rien oublié..., nous a-t-il déclaré sur un ton satisfait.

— Et votre femme... ? a demandé Eileen.

Elle venait de m'enlever les mots de la bouche. Il l'a dévisagée sans ménagement, la tête inclinée et les paupières plissées, l'un et l'autre de manière quasi imperceptible.

— Bonne question... ! ai-je lâché pour la tirer d'embarras.

Il s'est penché sur le feu. Il a marmonné qu'il ne pouvait pas rester caché derrière un lit, puis s'est redressé aussitôt et nous a expliqué qu'il ne reviendrait pas sur sa décision et qu'il risquait d'attraper froid s'il ne se décidait pas à changer de tenue.

Jackie a attendu qu'il ait tourné les talons pour poser sa tête contre mon épaule. Je l'ai prise par la taille. « Nous ne pourrons rien y faire... ! » a-t-elle soupiré. J'ai profité qu'Eileen nous regardait pour nous bercer un peu. Ensuite, nous avons transporté les fauteuils devant la cheminée car les radiateurs étaient froids. Au passage, Jackie a dit à Thomas de venir avec nous, qu'il n'allait pas le ressusciter avec des prières, mais c'était comme s'il ne l'avait pas entendue.

— Ce sont de vrais enfants... ! a-t-elle conclu en se juchant sur un fauteuil. Enfin, je ne parle pas pour toi...

Je lui ai souri, mais je savais très bien ce qu'elle pensait de moi et ça ne me dérangeait pas. De nombreuses femmes ne parvenaient pas à se débarrasser de leur instinct maternel et entretenaient ce jugement erroné. Comme pour la plupart des autres nous étions des salauds, j'aimais autant qu'elle me prenne pour un enfant. Je n'avais pas été dupe du cinglant discours qu'elle avait tenu à Eileen dans l'après-midi, dans lequel nous avions tout l'air de bêtes féroces. J'avais entendu ce qu'elle disait, mais je connaissais sa conviction profonde. Chacun doit bâtir son monde à la mesure de ses forces.

Je les ai observées pendant qu'elles échangeaient

quelques mots. J'ai pensé que je n'avais jamais trouvé qu'une femme était un enfant, entre parenthèses. Donc, je les observais, et j'étais en train de me dire qu'elles avaient fait preuve d'un fameux sang-froid depuis le début de cette aventure, quand Thomas s'est avancé vers nous comme s'il traînait les pieds et a murmuré quelque chose d'incompréhensible.

J'ai eu l'impression qu'il pleurait en silence, mais il affichait à la fois une telle grimace que je n'en étais pas sûr.

— Qu'y a-t-il ? Mais parle donc, à la fin... ! lui a lancé Jackie.

Il a remué les lèvres. Il a baissé la tête puis l'a relevée. Ses bras pendaient le long de son corps tels des bouts de bois.

— Il be..., a-t-il déclaré.

Voyant que ça n'allait pas, il a dégluti et s'est efforcé de tourner la tête de côté.

— Il bouge..., a-t-il murmuré. Mon Dieu ! Je crois qu'il bouge... !

Effectivement, le temps que nous nous levions, il s'était même flanqué par terre. Nous sommes allés le ramasser au plus vite et l'avons replacé sur ses coussins. Il n'était pas frais mais nous étions vraiment heureux de l'écouter gémir et de le voir se tordre en tous sens. Thomas s'était pendu à mon épaule et répétait. « Ah, Patrick ! Ah, Patrick ! » en se frottant les yeux. Jackie et Eileen étaient ravies, regardaient l'inspecteur, nous regardaient, se regardaient et finissaient par rire aux éclats. Nous avons jeté une couverture sur le revenant, trop

impatients pour attendre qu'il eût recouvré des forces, et nous nous sommes égaillés aux quatre coins
de la maison pour attraper des verres, de l'alcool,
rallumer des bougies, débarrasser la table et replacer des bûches dans la cheminée. J'ai croisé Eileen
au milieu de la pièce. Elle m'a dit qu'elle était si
contente et m'en a serré dans ses bras. J'ai cru que
j'allais avoir une crise d'asthme.

J'ai bu un grand verre d'une boisson très forte,
que Thomas m'avait servi, avant de pouvoir oublier
l'incident. L'idée de m'infliger une seconde mor-
sure m'a effleuré, mais je souffrais encore suffisamment de la première pour écarter une telle éventualité. Je me sentais un peu comme une femme
dont on aurait caressé les fesses dans le métro et
qui rougirait en silence pour ne pas provoquer un
esclandre. Car elle m'avait bel et bien enlacé, avait
frotté ses gros seins contre ma poitrine, avait collé
son bassin contre le mien et balayé mon visage de
ses splendides cheveux roux, à un moment où je
pensais l'avoir découragée et où j'étais moi-même
sur le point d'emporter la bataille. J'espérais qu'elle
avait compris que Jackie et moi..., ou au moins que
je n'étais guère sensible à ses charmes, ou encore
que j'avais d'autres soucis en tête, mais il semblait
que je dusse déchanter. J'évitais de la regarder, bien
entendu, pour ne pas aggraver les choses. Dieu sait
comme elle eût interprété un simple coup d'œil. Je
me suis assis sur le bras du fauteuil de Jackie. J'ai
plus ou moins participé à la bonne humeur qu'avait
déclenchée la résurrection de Victor Brasset, puis,
tout en m'amusant avec une mèche de Jackie qui

ondulait sur le dossier, j'ai soudain fixé l'Irlandaise. En moins de vingt secondes, j'ai réalisé que Patrick Sheahan et moi devrions nous livrer un combat mortel. À présent que j'étais averti, je me suis décidé à tourner la tête et j'ai offert mon sourire aux flammes de la cheminée. Comme quoi l'on se sent soulagé quand point l'inévitable. « *Si ce doit être pour maintenant, ce ne sera plus à venir. Si ce n'est plus à venir, c'est pour maintenant. Et si ce n'est pas pour maintenant, pourtant mon heure viendra. L'essentiel, c'est d'être prêt.* » (*Hamlet*, V, 2.)

Sur ces entrefaites, Marc est arrivé et nous a avisés avec un air soupçonneux. Thomas s'est levé, les bras grands ouverts et l'émotion de nouveau nouée dans la gorge. Alors que Marc s'apprêtait à l'interroger, un long gémissement de l'inspecteur s'est chargé de lui annoncer la bonne nouvelle.

Comme je m'y attendais, Marc n'a pas manifesté pour l'événement une satisfaction totale. Il n'a daigné poser sur le bougre qu'un œil poli et a refusé de boire à sa santé sous prétexte qu'un coup sur la tête ne transformait pas un salopard en saint homme. Selon moi, il accomplissait pourtant un réel effort et j'étais rassuré d'être en possession du Smith & Wesson. Puis il a tenté de modérer notre euphorie en avançant que rien n'était réglé et que notre nouvel ami continuait de représenter une menace inacceptable.

Thomas, qui ne pouvait plus quitter son air de bienheureux, a cru qu'il suffirait de lui taper une bonne fois sur la cuisse.

— Eh bien cette fois, ne compte plus sur moi pour l'assassiner... ! a-t-il plaisanté.

— N'oublie pas que je n'ai jamais sollicité ton aide. Je me félicite que tu ne sois plus impliqué dans cette histoire, mais quant à moi, tu m'excuseras, mais je n'ai pas encore le temps de m'amuser...

— Avoue que tu es terrible... ! Enfin, est-ce que tu te rends compte de quel cauchemar nous nous sommes sortis... ? !

— Je pense au cauchemar qui s'abattra sur la ville si cette crapule persiste dans ses intentions. Mais rassure-toi, je n'en ai pas encore fini avec lui. Je veillerai à ce que de nombreuses familles puissent dormir tranquilles, je suis là pour ça. Et tu me connais, Thomas, je ne prends pas ce rôle à la légère... !

— Essaie de te représenter Marc comme le capitaine d'un navire..., lui ai-je expliqué. Le bateau ne lui appartient pas mais il est quand même bien mieux payé que toi ou moi... Et à mon avis, il serait investi d'une mission divine que ça ne m'étonnerait pas...

— Ma foi, pourquoi pas... ? m'a retourné Marc avec un air de défi. Il arrive peut-être un moment où l'on peut servir à quelque chose... ?

— Demande-lui s'il pense que nous servons à quelque chose... ! ai-je répondu en désignant l'inspecteur. De son point de vue, nous serions plutôt du genre nuisible, tu ne crois pas... ?

— Ce n'est pas parce qu'il dégaze en pleine mer

206

qu'un capitaine ne se jettera pas au secours de ses hommes..., a soliloqué Thomas.

— Dis donc, toi, tu as bien récupéré, à ce que je vois..., l'ai-je félicité. Quel splendide raccourci tu nous offres là, mon gaillard... ! On dirait du Melville. Mais souviens-toi qu'*il faut bien voir les baleines avant de les tuer*, si tu vas par là... Le monde est rempli de types qui veulent sauver l'humanité plutôt que de résoudre leurs problèmes personnels...

J'ai aussitôt regretté d'avoir exposé les choses de cette façon car je ne mettais pas la sincérité de Marc en doute, pas plus que je ne cherchais à le blesser. J'ai donc été ravi de l'irruption de Victor Brasset parmi nous, qui, s'évanouissant à nouveau sous nos yeux, a mis fin à cette savonneuse conversation. Thomas l'a empêché de s'effondrer de tout son long et l'a installé dans son fauteuil. « Hé, l'ami... ! Tu ne vas pas nous faire ça... ! » l'a-t-il supplié, tout occupé à lui claquer les joues.

Cette fois, il s'est réveillé presque sur-le-champ. Il n'était pas en état de parler et nous a proposé un sourire aimable comme si notre présence l'agréait parfaitement bien.

— J'ai quand même peur de l'avoir frappé trop fort..., s'est inquiété Thomas.

— Ça, tu n'as pas raté ton coup... ! a souligné Jackie. Espérons qu'il ne voudra pas porter plainte...

Thomas s'est écarté de lui pour le considérer d'un air méfiant.

— Porter plainte... ? ! a-t-il marmonné. Il ferait ça... ? !

Nous le pensions. Marc a déclaré qu'il essaierait de régler tous les problèmes en bloc tandis que l'autre continuait de nous regarder avec son piteux sourire. Quoi qu'il en soit, nous préférions le voir ainsi que raide mort dans un coin et l'ombre que Jackie venait d'attirer sur nos têtes n'a pas obscurci notre ciel. J'ai rempli un verre que j'ai tendu à Marc. Je lui ai transmis des excuses silencieuses et secrètes, si bien qu'il s'est décidé à le prendre. Ensuite, j'ai servi les autres.

— Écoute, je ne sais pas si c'est très indiqué..., m'a prévenu Jackie alors que j'en destinais un à l'inspecteur.

Eileen s'est rangée à mon avis. Elle a ajouté qu'elle n'avait jamais entendu dire qu'un verre de whisky ait pu tuer quelqu'un, bien au contraire. Patrick Sheahan se serait volontiers passé d'un tel soutien, car l'agacement de Jackie ne lui a pas échappé. Quant à moi, il m'a semblé que mes racines se réveillaient et j'ai songé que saint Patrick lui-même avait ramené le premier alambic de son voyage en Égypte.

De toute façon, Victor Brasset a renversé la moitié de son verre sur son menton. Nous l'avons observé avec gêne, puis avec un certain écœurement lorsqu'un filet de bave a coulé de ses lèvres et qu'il n'a rien fait pour l'essuyer. Marc a reconnu qu'il devrait attendre un peu avant de reprendre ses négociations.

Nous avons poussé l'inspecteur plus près du feu,

de manière qu'il ne prît pas froid et que nous fussions épargnés par le triste spectacle qu'il offrait.

Puis Marc est venu me retrouver dans l'arrière-cuisine. On se serait cru à l'intérieur d'un sous-marin entré en collision avec un iceberg. Les voies d'eau étaient importantes et le ventre du mur nous a donné quelques soucis. Nous avons essayé d'imaginer les suites d'une rupture importante, nous demandant si le toit tiendrait bon ou si la baraque tout entière serait emportée comme une boîte d'allumettes à la sortie d'un égout. D'un autre côté, l'idée d'aller nous installer en plein air ne nous semblait pas moins dangereuse, ou si peu, et compte tenu de l'inconfort qui en résulterait, que nous ne l'avons pas envisagée sérieusement. Nous avons terminé nos verres en silence. Ensuite, j'ai dit à Marc que s'il lui arrivait quelque chose, je n'étais pas sûr d'être à la hauteur.

Il a joué les imbéciles.

— Mais que veux-tu qu'il m'arrive... ? s'est-il esclaffé. Je sais nager, figure-toi... !

— D'abord, je ne suis pas sûr de pouvoir m'occuper de Gladys..., ai-je repris. Et qu'est-ce que c'est que cette croisade dans laquelle tu veux t'embarquer... ? Est-ce que tu es conscient que ça pourrait tourner mal... ? Marc, tu sais très bien que ça ne va rien résoudre, alors qu'est-ce que tu fabriques... ?

Il n'a pas bougé mais j'ai senti qu'il s'éloignait. Il a gardé au bord des lèvres quelques réflexions qui auraient pu être intéressantes pour ne lâcher qu'un vague : « Je fais ce qui me paraît juste ! »

— Pas à moi... ! lui ai-je affirmé. Ne me raconte pas d'histoires. Je ne veux pas savoir ce que tu as, ça je suis au courant. Je ne veux pas non plus savoir qui tu cherches à tromper. Non, je veux simplement que tu me dises...

— *Qu'est-ce que tu veux que je te dise... ? !* m'a-t-il coupé en balayant le sol d'un regard noir. Je ne peux rien faire pour moi, alors autant que cela serve aux autres, tu ne crois pas... ? !

— Partons tous les deux ! Alors prenons des vacances... ! Je suis prêt à le faire tout de suite !

— Et tu serais prêt à abandonner ton Irlandaise... ? a-t-il glissé en me regardant par en dessous.

Il m'a fallu deux ou trois secondes avant que je ne puisse lui répondre : le temps que je réalise ce qu'il venait de me dire, que je renonce à m'en défendre et que j'arrête une décision.

— Tu n'as qu'un mot à prononcer..., ai-je opiné avec un long hochement de tête.

Visiblement, il était heureux de ma réponse. Il a même posé ses mains sur mes épaules et m'a fixé avec un sourire étrange.

— Et si nous ne le faisons pas, a-t-il repris, rien ne pourrait plus changer dans nos vies. Si nous ne sortons pas tout de suite, nous boirons la coupe jusqu'à la lie, nous continuerons sur le même chemin et tout redeviendra comme avant... Patrick, réponds-moi sincèrement... Sens-tu encore au fond de toi un soupçon d'espoir... ? Mais réfléchis bien à ce que tu vas me dire...

J'ai réfléchi. Je me suis efforcé de penser à des

choses agréables, à des couleurs flamboyantes. Puis je lui ai répondu que oui... Que oui, j'avais l'impression. Alors il s'est mis à rire et m'a serré un instant dans ses bras en m'assurant que si je n'existais pas, il m'aurait inventé. Puis il m'a demandé de but en blanc ce qui m'attirait chez Eileen, si c'était sa poitrine qu'il considérait quant à lui superbe, ou le fait qu'elle fût bien en chair, un terrain sur lequel il ne me suivait plus.

— J'ai l'intention de laisser tomber..., a déclaré Patrick Sheahan. Bien entendu, j'y ai pensé... mais... enfin ces choses-là ne s'expliquent pas...

— Écoute, je pense que j'ai exagéré... Je t'accorde qu'à première vue, elle m'a semblé un peu grosse, mais je me suis trompé... Et puis, tu sais bien que j'ai une préférence pour les femmes maigres. Oublie donc ce que j'ai pu dire sur elle, ça n'avait aucun sens...

— Non, non... ce n'est pas ça..., a continué Patrick Sheahan. Ça ne se commande pas... L'attirance est une chose, la clairvoyance en est une autre. Crois-moi, j'ai une sorte d'instinct pour ces choses-là à présent. Il n'y a que les ânes pour buter deux fois contre le même obstacle.

— J'entends bien, mais tu n'es pas obligé de l'épouser...

Patrick Sheahan s'est esclaffé :

— Ça n'empêche pas que tu leur donnes le doigt et elles te dévorent le bras jusqu'au coude... !

Marc était bien placé pour savoir que son interlocuteur avait une bonne expérience en la matière. Il lui était donc difficile d'insister.

Il nous a versé un verre et a posé la bouteille vide sur l'eau. Nous l'avons regardée filer vers la porte, traverser la cuisine en direction de la grande pièce, ballottée par le courant, chaloupée dans les vaguelettes.

— Il ne peut y avoir de rêve lorsque l'on est éveillé, m'a-t-il déclaré en souriant.

Je n'ai pas cherché à comprendre ce qu'il m'a dit car j'étais en train de lutter contre Patrick Sheahan et nous tentions de nous étrangler mutuellement.

— Enfin, reconnais qu'elle a du charme..., ai-je réussi à articuler.

— Et lorsque l'on est vraiment éveillé, il n'y a plus d'espoir.

— D'un autre côté, ce sont toutes les mêmes..., a couiné Patrick Sheahan.

Marc a levé son verre pour que nous trinquions. Je ne savais pas à quoi, mais il avait un air si empathique que je me suis senti entre de bonnes mains et ai donc bu à ce qu'il désirait, persuadé que ce ne pouvait être qu'agréable.

Sur ce, Thomas est venu nous apprendre que la radio remarchait et que les autorités conseillaient à chacun de rester chez soi. « Mais on se demande bien qui aurait envie de sortir..., a-t-il souligné. Je me souviens d'une année où ils ont récupéré des gens sur le toit des maisons, dans les basses terres, et il n'avait pas plu autant. Patrick, tu te rappelles... ? C'est à l'époque où nous avons emménagé à côté de chez toi. J'avais ce bateau à moteur et nous avons trouvé ce type au beau milieu de son champ, avec de l'eau jusqu'aux épaules. Je me demande encore comment il n'avait pas été emporté... Je regrette de l'avoir vendu, finalement. Les enfants me le reprochaient encore l'autre jour. Ça, le canoë ne les intéresse plus beaucoup. Jackie et moi, on se rend compte qu'ils ont grandi d'un seul coup. C'est vrai, on ne les voit pratiquement plus à la maison. Parfois, je repense à ce type au milieu de son champ. Je me demande pourquoi il était sorti de chez lui... »

C'est à cet instant qu'un nouvel arbre s'est couché sur le toit.

« Ça va ! Pas de panique ! » a lâché Thomas qui gardait les yeux rivés au plafond et nous intimait de ne plus bouger. D'un même geste, il a également cloué Jackie et Eileen qui arrivaient aux nouvelles.

« Ça va... Ça tient... ! » a-t-il fini par nous assurer tandis qu'un bruit de verre brisé éclatait dans la grande pièce.

Il s'agissait de la lucarne qui avait explosé par contrecoup. On apercevait des branches de sapin au travers, qui s'égouttaient lourdement.

Ils se sont équipés et sont sortis sur l'esplanade pour voir ce que cela donnait. J'ai remis quelques bûches dans la cheminée, afin de participer à l'absurdité ambiante. J'ai demandé à l'inspecteur si tout allait bien. Il ne m'a pas répondu et a porté son attention sur les boutons de ma chemise qu'il a voulu toucher. Je me suis écarté en répétant ma question. Il m'a considéré avec un air enjoué, que son casque blanc rendait stupide.

Je me suis assis près du feu et j'en ai profité pour

réfléchir un moment. Puis je me suis aperçu que les fuites du toit étaient si nombreuses que j'ai renoncé à les compter. Par ailleurs personne ne semblait plus s'en préoccuper. Nous avions fini par nous y habituer et leur lente prolifération nous avait endormis. Cette découverte m'a sidéré. De même que l'insouciante conversation qui se déroulait dehors et que je pouvais observer à travers le radieux ruissellement qui plongeait de la lucarne.

Je suis monté dans les chambres pour en avoir le cœur net. Et là, j'ai pu constater l'ampleur des dégâts. J'ai bien inspecté la charpente, j'ai suivi chacune des poutres dans la lueur de ma torche. Car ce n'étaient pas tant les brèches dans la toiture qui m'inquiétaient, bien que l'une d'entre elles eût la taille d'une boîte à chaussures et déversât des litres d'eau sur une couette en duvet d'oie qui s'agitait dans l'obscurité, mais les grincements de la structure tout entière. Comme l'avait déclaré Thomas, la baraque avait tenu bon. Le problème était de savoir combien de temps elle tiendrait encore. J'avais la désagréable impression que ses forces diminuaient, que sa résistance arrivait à son terme. J'avais également la sensation que la pression qui s'exerçait sur elle comprimait l'atmosphère et gênait ma respiration. Malgré le froid qui régnait dans les chambres, j'ai dû m'éponger le front. Au milieu des gémissements et des craquements de la carcasse de bois, je ne parvenais pas à savoir si j'étais victime d'une illusion d'optique ou si la toiture s'incurvait et les murs s'enflaient bel et bien.

Je suis allé les prévenir du résultat de mes investigations. Ils ont tenu à les vérifier par eux-mêmes et m'ont laissé en compagnie de Jackie qui désirait éclaircir certain point.

— Ce sera elle ou moi, de toute façon..., m'a-t-elle prévenu. Il fallait que je te le dise.

Comme je restais interdit, elle m'a soufflé avec douceur la fumée de sa cigarette au visage et s'est retirée dans un fauteuil. Je l'ai bientôt rejointe, persuadé de mon innocence. Je me suis accroupi devant elle, le dos tourné à Victor Brasset qui venait de découvrir qu'une maille de son pull avait sauté et qu'il pouvait y introduire un doigt. J'ai enfoui une main sous sa jupe, un œil posé sur elle et l'autre en sentinelle du côté de l'escalier.

— Je ne voudrais pas être un briseur de ménage..., lui ai-je murmuré. Mais ce n'est pas moi qu'il faut surveiller...

Peu sensible à mon ouvrage, elle a bien vite mis fin à mes explorations. Elle a croisé les jambes sans hésiter et m'a gentiment averti que j'allais aggraver mon cas si je continuais de me moquer d'elle. Je me suis creusé la tête car je ne voyais pas en quoi mon comportement, qu'aussi bien je surveillais d'assez près, avait pu la convaincre de mes hésitations.

— Mais qui t'a raconté ces histoires...? me suis-je rembruni.

— C'est *elle* qui m'en a parlé...

— Alors ça, c'est la meilleure...! ai-je ricané.

— Oh, elle ne s'est pas trop avancée... Mais je n'ai pas eu de peine à deviner qu'elle envisageait quelque chose entre vous.

Je me suis éclairci la gorge.

— Et c'est pour cela que tu t'inquiètes... ? lui ai-je retourné sur un ton amusé.

— Ose me dire que tu n'y as pas pensé... !

— Bien sûr que j'y ai pensé... ! me suis-je esclaffé en avançant mes mains vers sa taille. Ça ne t'arrive jamais, à toi... ? Est-ce que ça signifie quelque chose... ?

Elle ne voulait pas non plus que je lui caresse les seins. Elle semblait plus contrariée qu'elle ne le montrait et je ne parvenais pas à lui changer les idées.

— Écoute..., lui ai-je murmuré avec la main sur le cœur. Crois-tu que je sois prêt à tout laisser tomber pour une fille avec laquelle je n'ai pas échangé plus d'une parole... ? Je ne la connais même pas, nom d'un chien ! Je n'ai jamais fait ça avec une autre que toi depuis que Marion m'a quitté, ce n'est pas maintenant que je vais m'y mettre... ! Si j'étais comme ça, tu aurais eu le temps de t'en apercevoir, il me semble... !

Malgré tout, elle n'a pas voulu en démordre.

— Ne t'y avise pas ! m'a-t-elle menacé.

Agacé, je me suis redressé et suis allé me planter devant la cheminée pour ruminer mon sort. J'étais également sidéré par son attitude, moi qui croyais que nous ne devions pas nous mêler de nos affaires réciproques. À moins qu'il n'y eût une clause dans notre contrat que je n'eusse pas bien saisie. J'ai jeté un coup d'œil à l'inspecteur qui continuait de passer ses doigts au travers du trou de son pull.

— Et toi... Qu'est-ce que tu fabriques... ? l'ai-je interrogé sur un ton un peu rude.

J'ai relevé la tête pour m'adresser de nouveau à Jackie, mais les autres sont descendus et j'ai gardé ma réflexion pour moi.

La mine grave, Marc a déclaré qu'il nous faudrait sans doute bientôt nous décider à quitter les lieux. Il n'y avait pas encore urgence, mais Thomas a expliqué qu'un processus de sape doublé d'un effet d'écrasement était à l'origine d'un constat si décevant. J'ai ajouté qu'un coup porté de haut en bas sur le crâne d'un inspecteur n'avait pas eu de meilleurs résultats.

— Tu crois que ça peut revenir... ? m'a demandé Thomas.

Ils avaient procédé à quelques tests simples. Par exemple, Thomas lui avait présenté une banane, ou une main dont il suffisait de compter les doigts, sans obtenir de réponse satisfaisante.

— Je ne sais pas..., lui ai-je avoué. Peut-être que c'est passager. Enfin, je l'espère...

Ils avaient aussi essayé de le faire marcher. Ce n'était pas brillant, mais au moins il tenait sur ses jambes.

— Lorsque nous serons dehors, l'air frais lui sera profitable... ! a promis Marc.

En vue de l'expédition, nous avons préparé des sacs. Je suis allé chercher mes dernières chemises et quelques vêtements chauds pour le cas où, pendant que l'on rassemblait en bas des provisions, un surplus de lampes électriques et divers produits de la pharmacie. Nous avons aligné le tout devant la

217

porte, en vue d'une sortie précipitée. J'étais également tombé sur un rouleau de corde. Il était à la
fois lourd et encombrant mais je pensais que nous
pourrions regretter de ne pas nous en être munis.

— Est-ce que tu comptes nous attacher... ? a
plaisanté Thomas.

Je n'ai pas trouvé d'oreille plus attentive. Selon
eux, nous allions nous en encombrer pour rien. On
a tenté de me démontrer qu'il n'était pas question
de franchir des ravins ou de gravir des pics en rap-
pel, mais plus simplement de nous trouver un abri
si nous n'arrivions pas à atteindre le pont qui fran-
chissait la Sainte-Bob, ou si celui-ci avait été
emporté. Malgré tout, je me suis obstiné et j'ai
annoncé que personne ne pourrait m'empêcher
d'embarquer cette corde, et que je ne permettrais
à personne de m'aider à la porter.

L'homme ne pouvait connaître de plus triste
exode que celui où sa maison s'écroulait dans son
dos. Cette pauvre demeure, nous nous en sentions
dépouillés à l'avance, d'ores et déjà privés d'eau
potable et d'électricité, et bientôt de la chaleur de
l'âtre, d'un toit, de W.-C., etc. Comme de plus, je
remâchais certain malentendu entre Jackie et moi,
mon humeur n'était pas brillante. Je sentais que
ma situation était périlleuse et qu'il me fallait
réduire les risques au minimum

— Tu oublies sans doute qu'elle habite *chez
toi*... ! m'a-t-elle rétorqué.

— Elle n'habite pas chez moi, elle a même une
entrée indépendante... !

J'étais parvenu à l'attirer dans la salle de bains,

sous le prétexte que je voulais changer mon pansement, à moins qu'elle ne désire que je me débrouille tout seul. Nous venions de prononcer ces quelques mots et elle semblait encore plus énervée contre moi.

— Vraiment ? Une entrée indépendante... ? a-t-elle répété.

J'ai grimacé, tant elle a serré la bande autour de ma blessure.

— En fait, je ne sais pas comment nous allons pouvoir régler cette question..., a-t-elle précisé.

— Est-ce que tu me demandes de la mettre à la porte... ?

— C'est ton problème, si je ne m'abuse... À toi d'y réfléchir...

Elle s'est éclipsée avant que je n'aie pu entreprendre quoi que ce soit. Pourtant, j'ai refusé de me laisser envahir par des pensées que j'avais pu nourrir à l'encontre des femmes depuis mes déboires conjugaux et qui menaçaient de me terrasser. J'avais eu assez de mal à m'en débarrasser, au fil du temps. Je m'étais exercé durant de longues journées avant de parvenir à leur retrouver des qualités élémentaires. Je m'installais à une table et les regardais marcher dans la rue en m'efforçant de respirer avec calme, m'étais entraîné, pour commencer, à parler gentiment à un mannequin derrière une vitrine. J'avais passé des mois et des mois avant de réussir à observer une femme avec un sourire aux lèvres. Un instant, j'ai eu envie de me jeter un peu d'eau sur la figure. Puis je me suis souvenu de sa couleur et j'ai décidé que j'étais tout à fait capable de surmonter l'épreuve par mes propres moyens.

Lorsque j'ai repris ma place au milieu des autres, Thomas expliquait à Eileen que malgré son piteux état, la maison pouvait très bien tenir ainsi pendant des jours, voire des mois ou davantage.

— Mais enfin, Thomas…, ce que tu dis est stupide… ! a déclaré Jackie. On voit bien que cette maison va nous tomber sur la tête… !

Thomas s'est mordu les lèvres en s'efforçant de garder un air affable.

— Peut-être as-tu raison…, lui a-t-il concédé. Mais j'ai connu une grange abandonnée, deux fois frappée par la foudre, aux murs fendus, à la toiture calcinée, et qui a mis des années avant de s'effondrer. C'est tout ce que je voulais dire… Que c'est souvent beaucoup plus solide qu'on ne croit…

— Eh bien, tu n'as qu'à y rester si tu veux… Tu nous raconteras…

Il était évident que Thomas faisait les frais des furtives conversations que nous avions eues Jackie et moi. J'avais moi-même fini par découvrir que Marion avait un amant lorsque je m'étais interrogé sur le fait qu'elle puisse me reprocher un mauvais programme à la télé ou l'insupportable humidité de certaines soirées d'automne. J'étais très contrarié de la tournure que prenaient les choses. J'avais multiplié auprès d'elle, et beaucoup plus que d'ordinaire, des marques d'attention. J'allais le regretter, si elle continuait ainsi. Je voulais bien admettre que les événements de la journée avaient été nerveusement pénibles, mais il était temps qu'elle réagisse.

Je me suis levé pour empêcher l'inspecteur de fouiller dans les sacs.

— Allons ! Venez donc vous asseoir par ici... ! Et restez tranquille..., l'a apostrophé Marc.

L'autre a obtempéré. J'ai remis les affaires en place.

— C'est une chance qu'il nous obéisse..., a observé Marc.

— En voilà un qui comprend où est son intérêt..., a souligné Jackie sur un ton mystérieux.

— Et toi... ? m'a interrogé Marc. Tu penses que ce ne sera pas trop pénible avec ta jambe... ?

J'ai répondu que ça irait. Eileen a reparlé de mon rouleau de corde et m'a déconseillé d'ajouter ce poids supplémentaire à mon bagage.

— Ne vous souciez pas pour lui..., l'a rassurée Jackie. Il sait ce qu'il a à faire..

— Entièrement d'accord avec Eileen... ! s'est enfoncé Thomas.

— Thomas... Pourquoi faut-il que tu sois si ridicule... ? a soupiré Jackie.

Il a eu un sourire douloureux.

— Est-ce que tu me poses la question... ?

— Écoutez...

— Ne te mêle pas de ça, Patrick... ! m'a-t-il coupé.

— Bien sûr que je te pose la question... ! s'est entêtée Jackie.

Tandis que je regardais Thomas, je me suis souvenu que lorsque j'avais un peu bu et que Marion venait me poignarder dans mon fauteuil, la douce ivresse dans laquelle je flottais quittait mon cerveau à l'instant même et laissait la place à une terrible lucidité. Et si je ne l'avais pas tuée, ni jamais levé la main sur elle, ce n'était pas l'envie qui m'avait manqué.

Quoi qu'il en soit, Jackie a anticipé son geste et s'est protégée d'un bras au moment où Thomas la frappait de sa main ouverte.

À ma connaissance, c'était la première fois que le phénomène se produisait. On pourrait ainsi porter au compte de son manque d'habitude le fait que Thomas ait raté son coup. Il a heurté la tête de Marc au passage avant de s'abattre sur celle de Jackie. Au compte de son excitation, tout aussi bien, du grand flot rouge qui l'avait submergé. Lever la main sur une femme était un acte que je condamnais sans appel, mais le mari bafoué qui sommeillait en moi, le mari persécuté, piétiné, offensé, usé et pratiquement laissé pour mort que j'avais été, ce mari-là a éprouvé un étrange et voluptueux pincement au cœur. Je n'y pouvais rien et m'en sentais désolé. Enfin bref, bien que son geste eût perdu en puissance — Marc en était encore tout décoiffé —, il avait atteint son but.

J'ai dû m'interposer et empêcher Jackie de lui rendre la monnaie de sa pièce. Je devais aussi garder un œil sur Marc dont l'humeur s'était assombrie.

J'ai serré Jackie dans mes bras pendant qu'elle tremblait de rage et jurait à Thomas qu'elle ne lui pardonnerait jamais. C'était un corps souple, agréable à tenir et à frotter contre le sien, un corps adroit et rusé. Cela ne m'aidait pas à prendre une décision.

De son côté, Thomas était stupéfié. Je comprenais ce qu'il ressentait, ce mélange d'horreur et d'émerveillement que j'avais éprouvé moi aussi, à un moindre degré.

— Là, Thomas, tu as exagéré... ! a lâché Marc qui semblait mieux disposé que je ne l'avais craint.

— Ne m'adresse plus la parole... ! a prévenu Jackie d'une voix sifflante de colère. Et ne t'approche plus de moi ou je t'arrache les yeux... ! (Elle a murmuré à mon oreille :) Oh, excuse-moi, Patrick...

Je ne lui en voulais pas, ce n'était plus qu'un mauvais souvenir. C'était d'ailleurs elle qui m'avait conduit à la pharmacie après que Marion eut tenté de passer à l'acte. J'en avais gardé le blanc des yeux injecté de sang pendant presque un mois.

Marc est allé parler à Thomas. J'ai relâché Jackie dont les joues commençaient à reprendre quelques couleurs.

— Ne me rends pas plus malheureuse que je ne le suis..., m'a-t-elle glissé.

Je n'ai rien répondu et me suis assis dans un fauteuil. J'entendais Thomas qui se défendait et demandait que l'on reconnaisse qu'elle l'avait poussé à bout. Lui non plus ne me paraissait pas très heureux. La quête du bonheur était un exercice particulièrement laborieux et presque toujours condamné à l'échec, mais chacun voulait s'y essayer. Et il fallait du temps pour changer son fusil d'épaule. Moi-même, après que j'eus décidé de ne plus insister, j'étais encore traversé d'idées saugrenues, de visions sidérantes, d'élans sirupeux, si je n'y prenais pas garde. Le poison était lent à se dissoudre. Même une solide réflexion n'était pas le vaccin idéal. Une faiblesse pouvait vous surprendre n'importe où.

— Vous êtes vraiment de drôles de numéros, tous les deux... ! n'ai-je pu m'empêcher de leur déclarer.

— J'aurais voulu t'y voir... ! m'a lancé Thomas.

— Je te remercie pour ton sens de l'équité..., m'a répondu Jackie.

L'inspecteur m'a cligné de l'œil et s'est penché vers moi :

— Vous avez caché l'argent, n'est-ce pas... ? m'a-t-il chuchoté.

— Quel argent... ?

Sur le coup, je n'ai pas réalisé de quel argent il voulait me parler. Il a souri comme s'il venait de me raconter une bonne blague, un doigt en travers des lèvres afin que ce secret reste entre nous.

Je l'ai considéré avec intérêt, cependant qu'il partait effectuer une petite promenade dans la pièce. Il était quand même le responsable de toute cette histoire. Sans lui, nous ne nous serions jamais retrouvés ici et bien des choses auraient été plus simples. Je n'avais pas envie de le féliciter. Je me suis relevé pour l'empêcher de fouiller à nouveau dans les sacs.

— Il n'y a pas d'argent là-dedans. ! lui ai-je affirmé. Essayez de penser à autre chose...

Son œil a brillé d'un éclat un peu plus fou pendant une seconde. J'ai refusé de penser à la somme des problèmes que nous aurions à régler le jour où nous rentrerions enfin chez nous.

J'ai insisté en revenant près du feu. Je leur ai dit qu'ils s'y entendaient tous les deux pour mettre une mauvaise ambiance, que c'était tout ce qui manquait. Thomas a baissé les yeux. Une main sur la hanche Jackie a soufflé la fumée de sa cigarette au plafond. Je ne me souvenais pas qu'ils se soient autant distingués au cours d'une soirée. D'un autre côté, chaque jour qui passait était un jour de plus qu'ils vivaient ensemble, ce n'était donc pas surprenant.

Comme je croisais le regard de Jackie, il m'est soudain apparu une horrible chose : j'ai compris que j'avais échangé une amie contre une maîtresse, avec tout ce que cela supposait de complications et d'emmerdements. Je me suis demandé à quel moment cela m'était arrivé, ne sachant ce qui l'emportait chez moi, de la tristesse ou de la colère.

— Nous ferions mieux de partir tout de suite..., ai-je proposé. L'atmosphère devient malsaine...

— Voyons, Patrick, n'exagère pas..., a soupiré Jackie. Il n'y a pas de quoi en faire une montagne... !

La taille des chandelles, quelques ratés dans le fonctionnement de la lampe à gaz, les dentelles de pluie qui perlaient au plafond au milieu des hallebardes, le flux triomphant de l'inondation qui s'enroulait à nos chevilles, les hideux grincements de notre coquille de noix, mon épouvantable révélation, tout nous conviait à abandonner les lieux. Mais on ne se jette pas à l'eau de gaieté de cœur. D'autant que le sacrifice de nos dernières bûches nous valait une flambée du tonnerre de Dieu.

Je me suis assis en face d'Eileen, le front baissé et les doigts occupés par le maniement d'un casse-tête que j'avais ramassé sur la table. Puis j'ai bondi sur les sacs et je les ai enfermés dans un placard. J'ai montré la clé à Victor Brasset avant de la fourrer dans ma poche. « J'ai dit : on ne touche pas aux sacs ! Est-ce que c'est compris... ? ! »

En fait, plus personne n'a eu l'occasion d'y toucher. Lorsque le mur de gauche, sous la pression, s'est fendu en deux, nous avons filé comme un seul homme. C'est à peine si nous avons eu le temps d'attraper nos cirés au passage, et mon rouleau de corde.

Nous nous sommes retournés pour voir la maison s'effondrer. Médusés, regroupés sur l'esplanade, les torches tirées de nos cirés et braquées sur la bâtisse dont les pénibles craquements, à la tonalité osseuse, nous arrachaient des grimaces et nous rentraient la tête dans les épaules, nous avons assisté à sa brève agonie.

Marc m'a serré le bras au moment où elle se pliait et s'aplatissait sous les deux sapins. Leurs cimes ont fouetté le sol à quelques mètres de nos pieds, produisant une gerbe d'éclaboussures qui nous a sifflé au visage. « Gladys en sera toute bouleversée... », m'a-t-il prévenu.

Très vite, le silence est devenu insupportable.

— Je sais que c'est *dingue*... ! ai-je grogné en ser
rant la clé dans le fond de ma poche

Ils n'ont rien voulu me reprocher, ont prétendu
que ce n'était pas ma faute.

J'ai parcouru les ruines pour tenter de mettre fin
à cette injustice. Mais je n'ai pas pu atteindre ce
maudit placard qui m'a semblé plus écrabouillé et
plus inaccessible que n'importe quelle autre partie
de la maison. J'ai étouffé un hurlement de rage
avant de rejoindre les autres les mains vides.

Marc et Thomas étaient en train d'inspecter
l'intérieur des voitures dont les pare-chocs dispa-
raissaient sous la boue. Quelques paquets de ciga-
rettes, des allumettes, une boîte de chocolats, un
vieil imperméable de plastique transparent et un
couteau suisse y ont été récupérés, ainsi que la
canne à pêche de Thomas, une Zebco qu'il a bran-
die en l'air en cherchant Eileen du regard. Ils ont
dû attraper l'inspecteur — je préférais ne pas m'en
mêler — qui s'était allongé sur une banquette
arrière dans l'espoir d'une balade motorisée. Bien
qu'il ne le méritât pas, selon moi, ils lui ont enfilé
l'imperméable. Puis Marc a rôdé encore un instant
autour des débris de la maison. J'en ai profité pour
grimper sur l'éboulement qui obstruait le chemin
goudronné. Après quoi, nous avons retrouvé Marc
et je lui ai expliqué qu'il valait mieux couper par-
derrière. « Gladys espérait y passer l'été... », a-t-il
soupiré.

J'ai assuré mon rouleau de corde sur mon épaule,
et j'ai ouvert la marche. Nous nous sommes
enfoncés au milieu des sapins, une courte marche

assez pénible, avant de rattraper la route, ou du moins ce qu'il en restait : les torrents qui dévalaient les hauteurs venaient s'y casser et la traversaient d'un bond, ou bien y bifurquaient dans un remous furieux et la chevauchaient pour filer vers le fond de la gorge. Après une seconde d'hésitation, nous avons franchi le talus et avons pris pied dans un brouet sombre, épais et mousseux qui balayait notre chemin, dans une marmelade terreuse et glissante qui charriait des branchages, de l'humus et une grande quantité de pommes de pin dont les chapeaux pointus passaient à vive allure entre nos jambes.

Je n'étais pas de meilleure humeur. J'ai continué de marcher en tête pour réfléchir à certaines choses sans que l'on vienne me troubler. Il faisait froid mais je n'avais pas froid et je n'entendais pas les autres s'en plaindre. Garder son équilibre, sur un tel parcours, vous maintenait à bonne température. Certains se préoccupaient même de relever un voisin moins chanceux qui s'était étalé de tout son long et pataugeait dans la boue. Victor Brasset, quant à lui, n'hésitait pas à se laisser emporter sur une dizaine de mètres avec des ululements joyeux, nous dépassait, puis se redressait et nous attendait avec un air triomphant. Au début, nous avions eu un peu peur qu'il ne dégringolât jusqu'en bas, puis nous nous étions fatigués de le mettre en garde et le regardions faire en silence.

Au fur et à mesure de la descente et de mes réflexions, j'ai ralenti le pas et me suis mis à marcher à la hauteur d'Eileen. Ce qui revenait à marcher avec les autres, mais je n'y pouvais rien. Nous avons progressé sans trop de difficulté durant cinq ou six cents mètres. Puis, dans un virage, nous sommes tombés sur une coulée magmateuse de roches, de végétaux et de terre dont on ne voyait pas la fin. Il allait falloir la contourner par le haut. Nous avons pris le temps de choisir quelques branches pour nous tailler des bâtons. Si l'on m'avait écouté, on n'aurait pas donné de bâton à Victor Brasset, mais on a trouvé que j'étais un peu dur. Je n'ai pas insisté. Depuis un moment, nous nous entendions mieux parler car la pluie, qui était loin d'avoir cessé, était devenue beaucoup plus fine. C'étaient à présent le souffle et les gargouillis du ruissellement sur le bitume défoncé qui meublaient les ténèbres, et l'égouttage des branches qui sifflaient comme de la friture.

Avant que nous n'entreprenions notre ascension, je me suis arrangé pour glisser un mot à Eileen. Je me suis penché à son oreille, cependant que j'affrontais le sourire cruel de Jackie, et je lui ai dit qu'un de ces jours, il faudrait que je lui raconte comment toutes ces histoires avaient pu arriver.

CHAPITRE SIX

(Où Patrick Sheahan ronge son frein)

— Dans ce cas, il me tarde que nous trouvions un moment de libre..., m'a-t-elle répondu avec un sourire encourageant.

Pour emboîter le pas à Marc qui entamait l'escalade, j'ai dû frôler Jackie dont le silence avait un goût ferreux. Ah ! Comment diable était-il possible qu'elle me dévoilât soudain tout le revers de la médaille... ? ! Avait-elle perdu la tête... ?

J'en étais presque étourdi lorsque je me suis lancé derrière Marc, à l'assaut d'un mur luisant et spongieux qui avait résisté à l'éboulis et le surplombait. La montée était si raide et le sol si glissant que nous n'aurions jamais pu nous y attaquer si nous n'avions pu nous accrocher aux arbres et aux racines que l'érosion avait découvertes.

Il fallait s'arrêter de temps en temps pour vérifier que tout le monde suivait ou s'aider à l'occasion de passages difficiles. Nous en profitions pour respirer et examiner avec appréhension cette sorte de crevasse que nous longions, vers le centre de laquelle convergeaient lentement arbres et rochers qui se broyaient et se mixaient, se réduisaient en poudre, éclataient comme de simples noix au milieu d'une coulée visqueuse qui pouvait sembler immobile. Quand un tronc crevait la surface, se dressait en l'air, puis tombait à la renverse avant de s'engloutir de nouveau, on avait le temps d'ôter une botte, de la secouer pour expulser le petit caillou niché à l'intérieur, de retendre sa chaussette et de bâiller une bonne fois en tirant sur ses bras avant de la renfiler.

Arrivés en haut, nous avons coupé à angle droit afin de contourner la chose. De ce point de vue, le spectacle qui s'offrait à nous était impressionnant. Je surveillais l'inspecteur du coin de l'œil de peur qu'il ne commît quelque imprudence tandis que nous reprenions notre souffle. Il s'amusait à jeter des pommes de pin en l'air et tâchait de les frapper de son bâton en direction de la fosse qui s'ouvrait à quelques mètres de nous. Je pensais que s'il tombait là-dedans, il n'en sortirait que de la chair à saucisse.

Or, moins d'une minute après que nous eûmes repris notre marche à flanc de coteau, c'est moi qui me suis trouvé dans une situation critique. Tout a commencé par un trébuchement stupide. J'ai bientôt rattrapé mon équilibre en battant des bras, mais pour le prix de ces différentes contorsions, mon rouleau de corde m'a échappé. Je l'ai vu dégringoler vers l'abîme. Malgré tout, il n'était pas question que je m'en séparasse. J'ai plongé vers lui et nous avons basculé tous les deux.

J'ai très vite compris ce que ma réaction avait eu

234

d'irréfléchi. Je me suis senti embarqué sur un gros tapis mou qui menaçait de m'engloutir comme un petit morceau d'écorce ou un pauvre petit insecte. C'est alors qu'un bâton s'est matérialisé sous mon nez. Je l'ai saisi avec la dernière énergie.

Lorsque j'ai découvert que mon sauveur était Victor Brasset et que ma vie tenait au bout de sa houlette, je me suis adressé un reproche rétrospectif. Puis j'ai pensé qu'il allait me lâcher pour un oui ou pour un non et que j'allais disparaître accompagné de son grand rire. Au lieu de quoi, Marc a surgi à ses côtés et a empoigné des deux mains la perche que me tendait l'inspecteur.

Avec une douloureuse grimace, Marc m'a averti qu'ils me tenaient bon. Dans le même temps, j'apercevais mon rouleau de corde, un peu plus bas, à quelques centimètres de mon pied. J'ai essayé de l'attraper.

— Patrick... Ne fais pas ça... ! a grogné Marc d'une voix sourde.

— Donnez-moi un peu de mou... ! ai-je répliqué sur le même ton.

J'entendais Marc qui rugissait et me suppliait de laisser tomber cette corde car l'effort devenait insupportable. Quant à moi, il me manquait à peine quelques maudits millimètres.

— Patrick, pour l'amour du ciel... ! a-t-il continué au-dessus de ma tête. *Ne sois pas con... !*

D'une ultime secousse, qui lui a arraché un gémissement à fendre l'âme, j'ai réussi à récupérer mon bien. Ensuite, je me suis laissé remonter.

À peine sur pied, j'ai déclaré que je refusais

d'aborder le sujet et que l'affaire était classée. Je n'ai regardé personne et me suis remis en route sans ajouter un mot.

Nous avons perdu presque une demi-heure pour contourner cet obstacle. De retour sur le chemin, tout torrentueux et défoncé qu'il était, nous avons pu reprendre une cadence honorable. Et figure humaine, grâce à la pluie qui nous décrottait à mesure que nous avancions.

Au bout d'un moment, j'ai remercié Victor Brasset pour le sacré coup de main qu'il m'avait donné. Il m'a demandé si je savais où était l'argent. Je lui ai répondu qu'il était resté dans les sacs. Je n'arrivais pas à savoir s'il était réellement azimuté. J'en ai parlé à Marc qui m'a confié qu'il l'observait avec la plus grande attention et réservait encore son jugement.

— Est-ce que tu es décidé à transporter ce rouleau de corde jusque dans ta chambre... ? m'a-t-il interrogé, profitant des quelques mètres d'avance que nous avions sur les autres.

Mon genou me faisait mal et le poids de la corde me cisaillait l'épaule. Je prenais soin de la changer de côté de temps en temps, ce qui ne m'apportait pas grand-chose.

— Je te trouve bien têtu..., a-t-il ajouté avec un léger sourire.

Nous nous sommes arrêtés pour regarder un sanglier mort. Lorsque les autres nous ont rattrapés, je me suis écarté pour laisser ma place à Eileen. Ce faisant, j'ai légèrement bousculé Jackie que je n'avais pas vue et le malheur a voulu qu'elle glisse et tombe sur les fesses. De manière un peu rude.

Quand j'ai voulu la relever, je me suis aperçu que les larmes lui étaient montées aux yeux. Elle m'a envoyé promener et s'est remise toute seule sur ses jambes. Comme elle grimaçait, j'ai voulu savoir si elle avait mal.

— Laisse-moi tranquille..., m'a-t-elle répondu.

Si un doute avait subsisté dans mon esprit, j'ai pu vérifier à cet instant que je ne m'étais pas trompé. Feu ma belle-mère, l'intuitive et regrettée Viviane, avait toujours prétendu que mes rapports avec *la voisine* (elles ne s'aimaient pas trop) étaient, selon son expression, *un feu de bois mouillé*. Je devais entendre par là : pas de flammes, beaucoup de fumée, jusqu'à l'embrasement final. Mais cela ne m'avait jamais inquiété. Je lui rétorquais, malgré l'acuité de son jugement dans la plupart des domaines, le peu de compréhension, et à coup sûr de connaissance qu'elle avait de la pure amitié qui pouvait unir un homme et une femme. Je la revoyais tourner doucement les talons pour m'épargner son sourire tandis que je la poursuivais avec mes grands mots et défendais celle qui aujourd'hui se révélait sous un autre jour. Nom d'un chien ! Il suffisait donc d'une simple pichenette pour démolir ce bel édifice. Je lui ai décoché un regard plein d'amertume tandis que l'on s'affairait autour d'elle et la consolait pour le cas où elle se fût cassé le cul en deux.

Je me suis tourné vers le sanglier mort et l'ai remercié de son sacrifice pour m'avoir donné l'occasion de la flanquer par terre et qu'ainsi vinssent, de manière éclatante, se confirmer les sombres appréhensions que je ruminais depuis une heure ou deux. Tandis que je murmurais mon oraison funèbre et jaculatoire, je l'ai entendue dire qu'elle ne pouvait plus marcher, que la douleur lui descendait tout le long de la cuisse.

Je me méfiais, à présent. Je ne pouvais plus jurer de rien. Mais j'ai eu l'impression qu'elle ne racontait pas d'histoire. Thomas s'est proposé de la porter. Il s'était montré d'une humeur mélancolique depuis que nous avions pris la route. Lui aussi avait dû remâcher des choses, peser le pour et le contre, envisager différents cas de figure. Enfin, il semblait un peu las, prêt à rendre les armes. Quoi qu'il en soit, Jackie ne lui a pas répondu et a préféré continuer son chemin. Aidée de sa canne, elle a zigzagué sur quelques mètres avant de se bloquer tout à fait.

Elle était blême. Marc et moi lui avons tendu les bras. Pour ma part, je n'ai récolté qu'un coup d'œil chargé d'animosité tandis qu'elle grimpait dans son dos. « À ta guise... ! » lui ai-je soufflé en la pointant du doigt.

— On dirait qu'elle m'en veut..., m'a confié Eileen.

— Elle en veut à tout le monde, ai-je rectifié.

Nous continuions à descendre vers la Sainte-Bob et par un hasard miraculeux, les autres marchaient devant nous. Thomas m'avait abandonné la place pour se porter à la hauteur de Marc, ce qui était le moins qu'il puisse faire, et l'inspecteur cheminait à leur côté quand il ne partait pas à la

poursuite d'une pomme de pin plus grosse ou plus
intéressante que les autres.

— Vous semblez si proches les uns des autres...,
a-t-elle ajouté. C'est un peu difficile pour moi...

— Même pour nous, c'est assez compliqué. Parfois, j'ai l'impression que nous nous sommes coulés
dans du béton. Vous savez... comme si l'on ne pouvait plus faire un geste. Enfin, c'est comme ça... Il
y a aussi des bons côtés...

— Bien sûr ! On a besoin de la chaleur des
autres... ! Il s'est passé beaucoup de choses au
cours de cette journée... Vous allez penser que je
suis folle, mais j'en garderai un merveilleux souvenir... !

— Attendez qu'elle soit finie..., lui ai-je
conseillé.

— Ah, peu importe... ! s'est-elle emballée en
m'offrant un sourire lumineux. Emmenez-moi
avec vous, le week-end prochain... Je cuisinerai un
canard au miel pour cinq ou six personnes... !

— Nous verrons ça. Je ne vous promets rien...
Et vous savez, ce n'est pas toujours aussi réussi...

À présent, si l'on tendait l'oreille, on entendait
le grondement de la Sainte-Bob. Il commençait à
couvrir le ruissellement qui sifflait à nos pieds, le
grésillement de la forêt et toutes les sortes de gargouillis imaginables qui jaillissaient de l'obscurité.
C'était peut-être la pleine lune car l'aube était
encore assez lointaine et pourtant le ciel était moins
noir que la silhouette des arbres qui se découpait
au-dessus de nos têtes. Eileen pensait que c'était
de la vapeur qui montait de la rivière. Quant à moi,

je n'en pensais rien. C'était la blancheur de son visage basculé vers les cimes que j'observais.

— Ne nous attardons pas..., ai-je fini par lui déclarer.

À mesure que nous approchions de la Sainte-Bob, la pluie semblait ne plus tomber mais tournoyer dans les airs, presque vaporisée et une lueur jaunâtre filtrait entre les fûts des sapins. J'avais du mal à croire que le grondement profond qui montait jusqu'à nous — je sentais ses vibrations sous mes pieds et dans ma poitrine — provenait de la rivière que je connaissais. Surtout à cet endroit, où il aurait fallu qu'une truite arc-en-ciel bondisse à la surface pour me réveiller. Thomas dansait sur place à l'idée du spectacle qui nous attendait, il s'en mordait les ongles. Marc n'en pouvait plus. Thomas m'a regardé en me faisant comprendre qu'elle ne voulait rien savoir. J'ai donc dit à Jackie : « Eh bien, ou tu montes sur mon dos ou nous campons ici... »

— Et ta jambe... ? a-t-elle marmonné.

— Ne t'inquiète pas pour ma jambe...

— Je te déteste... ! m'a-t-elle glissé à l'oreille tandis qu'elle se juchait dans mon dos de mauvaise grâce.

— Ne me dis pas ça..., l'ai-je grondée gentiment. Tu veux me faire de la peine... ?

Thomas a proposé de porter mon rouleau de corde, mais je l'ai remercié d'un haussement de sourcils.

— Occupe-toi donc de notre ami..., ai-je ajouté

en voyant l'inspecteur qui s'était emparé du Smith & Wesson.

Il avait dû tomber de ma poche lorsque je m'étais baissé pour prendre Jackie. Afin de rassurer Thomas, je me suis empressé d'ajouter que j'avais retiré les balles. « Évidemment que j'en suis sûr... ! » ai-je menti en priant pour que l'autre, qui était en train d'examiner l'engin, n'ait pas touché au cran de sécurité. Mais j'avais déjà quelqu'un sur le dos, je ne pouvais pas m'occuper de tout.

Lorsque Thomas m'a rendu l'arme, j'ai pensé qu'Eileen aurait jugé notre sortie réellement épatante si Victor s'était mis à tirer dans tous les sens et que peut-être l'un d'entre nous eût pris une balle dans le mollet. Je me suis arrangé pour rester au milieu du groupe de sorte que Jackie ne puisse en profiter pour me préciser ses menaces et ses ultimatums, et bien placée qu'elle était, pour m'arracher les cheveux. Je ne voulais plus discuter avec elle. La blessure que je m'étais infligée à la main, et qui était censée me tenir à l'écart d'Eileen, agissait à présent comme un talisman que je serrais dans mon poing. Le poids de la corde qui pendait lourdement à mon cou, celui de Jackie accrochée dans mon dos, la douleur qui transformait mon genou en une coquille brûlante et turgide, tous ces handicaps m'aiguillonnaient et me donnaient de la force. Aussi bizarre que ce fût, je sentais mon pas s'affermir à mesure que nous avancions. Ce n'était pas moi qui trébuchais et j'en rattrapais même quelques-uns au passage, d'un geste vif et vigoureux. Je ne savais pas d'où me venait cette énergie.

Ou plutôt je savais que j'avais dévoré le cœur de Patrick Sheahan. Je savais que l'ennemi était à l'intérieur, mais quand l'avais-je affronté...? Quand donc avait eu lieu la terrible bataille que nous nous étions promise...? Je sentais irradier en moi la puissance et la joie du vainqueur mais je ne trouvais pas de cadavre et je n'avais toujours pas compris ce que j'avais gagné. J'en suis resté un instant plongé dans une légère perplexité. Après quoi, je me suis mis à siffler entre mes dents *Johnny, I Hardly Knew Ye*. Il n'y avait là aucune malice, aucune intention précise de ma part. J'aurais sans doute pu siffler autre chose. Jackie a tenté de me mordre discrètement mais elle n'a pu me saisir la peau à travers le ciré. Je me suis efforcé de ne pas lui en vouloir. Quand nous devions enjamber un arbre couché en travers de la route, je ne la reposais pas à terre et m'y prenais avec précaution pour ne pas trop la secouer.

Marc a été le premier à rompre le silence :

— Bien sûr... Il fallait s'y attendre..., a-t-il déclaré sur un ton résigné.

Il a également mis fin à l'inertie pétrifiée qui avait saisi notre groupe : il a ôté son suroît et l'a égoutté en le frappant contre sa jambe.

— Mais quand même, il était là...! a insisté Thomas.

— Cela ne fait aucun doute..., l'a-t-il rassuré sans ouvrir les yeux, occupé qu'il était à recevoir la pluie sur le visage.

— Dieu du Ciel ! Toute cette cavalcade pour rien...! a gémi Jackie dans mon dos.

242

Avant que le froid et l'accablement ne nous saisissent, nous avons grimpé sur le tertre qui dominait la Sainte-Bob. Thomas a ramassé une grosse pierre et nous nous sommes avancés vers la cabane de Paul Borrys.

— Fais en sorte de ne pas trop l'abîmer..., l'a prié Marc.

— Je le soupçonne d'avoir mutilé mon érable..., a-t-il grincé entre ses dents. Il n'a jamais aimé Roy Orbison.

Il a fracassé le cadenas avec sa pierre. Avant d'entrer, j'ai proposé à Marc de laisser sa carte afin de nous excuser pour le morceau de porte arraché.

C'était une simple cabane de bois, pratiquement vide. Elle ne contenait qu'un canoë, quelques boîtes sur des étagères, un petit tas de bûches et un vieux Sirius aux micas défoncés. Mais au moins, nous étions au sec.

— Génial... ! a murmuré Jackie qui en oubliait de me remercier pour la promenade.

Je suis allé chercher Eileen et Victor qui s'étaient attardés pour contempler la Sainte-Bob. J'ai indiqué à Eileen, sur la rive opposée, ce qui restait du pont et que le niveau de la rivière affleurait. « Elle est au moins montée de trois mètres..., ai-je ajouté. Vous savez, lorsque nous serons rentrés... j'aimerais que vous m'aidiez à arranger mon salon... Enfin, que vous me donniez quelques idées... Ça ne vous ennuierait pas...? »

J'ai dû me redresser précipitamment pour tirer Victor en arrière. Je lui ai dit qu'il pouvait continuer à lancer des cailloux mais qu'il ne devait pas s'approcher du bord, sinon je le conduisais à la cabane.

— Est-ce que nous allons bientôt manger... ? m'a-t-il demandé.

— Non, pas encore. Je vous préviendrai...

— Je vais aller voir.

Je suis retourné près d'Eileen. J'ai jeté un coup d'œil à ma montre. Il était un peu plus de quatre heures du matin et pourtant l'on aurait dit que la nuit s'estompait.

— La pluie va s'arrêter, m'a-t-elle annoncé. C'est le clair de lune que l'on aperçoit. Ce sera très beau dans quelques instants...

— Je voulais vous demander... à propos de votre tube de dentifrice... J'ai eu l'occasion de remarquer la manière dont vous l'enrouliez au fur et à mesure... Vous faites ça depuis longtemps... ?

— Pourquoi... ? Est-ce si important... ? m'a-t-elle répondu avec un air amusé.

— Oui et non... Enfin, je ne sais pas... Au fond, je n'ai jamais su ce qui était important.

— Regardez... On a l'impression que la brume se met à scintiller...

— Qu'est-ce qui est important, d'après vous... ?

— Ce qui ne l'est pas est plus difficile à discerner. Je crois qu'il faut se *débarrasser* des choses.

— J'ai bien peur de ne plus avoir que la peau sur les os... Si je dois abandonner ce qu'il me reste, il faudra sûrement une ficelle pour m'attacher comme un ballon...

— Patrick, est-ce que vous essayez de me dire quelque chose... ?

— Non... Mais un jour il faudra que je vous raconte comment on jette le bébé avec l'eau du bain...

Elle m'a considéré une seconde avec un air amusé :

— C'est un joli collier que vous avez là..., m'a-t-elle complimenté en désignant le rouleau de corde que j'avais autour du cou.

— J'ai l'intention d'y accrocher un médaillon..., lui ai-je répondu. À mon âge, on devient superstitieux...

Nous sommes rentrés car il faisait froid et Thomas avait appelé de la porte de la cabane pour demander si l'un de nous deux n'avait pas des allumettes.

— Quand je pense à tout ce que nous avions préparé dans les sacs... ! s'est-il lamenté, cependant qu'agenouillé devant le Sirius, il enflammait du papier journal.

— Thomas, j'aimerais que nous ne revenions pas là-dessus... ! a déclaré Marc. N'importe lequel d'entre nous aurait pu commettre la même erreur. Soit, il n'a pas réfléchi... ! Mais aurions-nous montré plus de discernement à sa place... ?

Je me suis allumé une cigarette. J'ai essuyé un carreau et j'ai pu observer la Sainte-Bob qui *roulait un flot rapide et jaune,* comme on dit. Jackie a soupiré en songeant à un tube d'arnica qu'elle avait elle-même rangé au fond d'un sac, un tube tout neuf, pour la possession duquel elle ne savait pas ce qu'elle donnerait à l'heure présente.

— Vous êtes tous un peu fous, n'est-ce pas... ?

245

m'a murmuré Eileen qui venait de choisir un carreau à côté du mien.

— C'est une manière de s'adapter au monde.
Celui qui est sain d'esprit finit par se suicider ou
entre dans un monastère avec un ulcère à l'esto-
mac...

Tout à coup, le poêle s'est mis à ronfler comme
une fusée sur le point de décoller. La première sec-
tion du tuyau a rougi tel un pétale de coquelicot
dans un rayon de soleil. Ainsi qu'un visage touché
par la grâce, notre petit intérieur s'est illuminé et
l'atmosphère s'est imprégnée d'une odeur de résine
assez forte, qui rappelait le parfum de bonbons
pour la toux.

En quelques minutes, la température est devenue agréable. Nous nous sommes débarrassés de
nos imperméables et avons mis nos chaussettes à
sécher.

Victor a refusé d'ôter les siennes. Jackie m'a suggéré de ne pas insister puis elle s'est tournée vers
Eileen pour lui demander si elle ne pourrait pas
l'aider à enlever son collant car elle était incapable
de se baisser.

Thomas nous a appelés pour que nous venions
voir un point précis, en amont de la rivière, au pied
d'une paroi verticale et lisse qui se dressait dans la
brume. «Je ne l'ai encore jamais révélé à personne... ! nous a-t-il affirmé presque a contrecœur.
Mais c'est là qu'on trouve les plus belles truites de
la Sainte-Bob... !» Nous lui avons fait remarquer
qu'il nous en avait déjà parlé plusieurs fois. «Ah
bon... ?» s'est-il étonné avec un air méfiant.

Lorsqu'il nous a relâchés, Eileen avait terminé son ouvrage. Jackie est allée étendre son collant sur le canoë. Après quoi elle nous a invités à nous pousser de la fenêtre. Elle a soulevé sa jupe, l'a ceinte autour de sa taille et s'est tordu le cou en arrière pour tâcher d'examiner sa fesse douloureuse. Thomas a croisé ses mains sur la tête.

— Est-ce que vous voyez quelque chose... ? a-t-elle fini par nous interroger.

Nous nous sommes approchés, Marc et moi, tandis que Victor laissait choir une vieille cafetière qu'il avait dénichée dans un coin et dont le couvercle a roulé sur le sol au milieu d'un silence étrange. J'ai réalisé que la pluie avait cessé pour de bon et que nous nous étions tellement habitués à son bruit qu'à présent sa disparition nous gênait.

— Est-ce que c'est moche... ? nous a-t-elle demandé.

— Est-ce qu'on peut dire ça... ? a répondu Marc en souriant.

— Préviens-moi, si tu as l'intention de baisser ta culotte... ! a lancé Thomas. Je peux essayer de trouver plus de monde...

Elle l'a fait. Elle a prétendu que nous en avions vu d'autres. Enfin bref, nous avons pu constater la présence d'une belle ecchymose, qui tournait déjà au violacé. Sinon, le reste était impeccable. En quatre ans, je ne m'en étais pas lassé une seconde et j'ai su que j'en garderais un souvenir ébloui, que jamais je n'irais dénigrer d'une manière ou d'une autre.

— Eh bien toi, au moins, tu ne perds pas le

nord... ! a grogné Thomas qui venait d'empoigner l'inspecteur par le col et le refoulait comme un qui n'aurait pas eu de billet.

— Tu recommences... ? ! lui a lancé Jackie dont la jupe retombait sur ses jambes. Tu ne crois pas que tu en as fait assez pour aujourd'hui... ?

Le problème de Thomas était qu'elle le dominait. Nous en avions déjà parlé, lui et moi, et il était assez lucide pour reconnaître que c'était sans espoir. « Même si je la mettais en morceaux, m'avait-il confié, ça ne changerait rien à l'affaire. Cette femme-là, je ne pourrai jamais la maîtriser... C'est une question de caractère... » Il avait ajouté que cette situation lui avait permis de devenir un bon pêcheur à la ligne et qu'au fond, il n'y avait rien à regretter. À cette époque, Marion et moi étions en pleine guerre, mais moi, je préférais mourir, je n'étais même pas capable d'accrocher un ver à un hameçon.

Il a donc lâché l'inspecteur sur-le-champ. D'autant qu'il devait encore aimer sa femme malgré toutes leurs histoires, alors que moi j'avais rêvé d'entraîner la mienne en enfer — sauf que je n'y étais pas parvenu, entre parenthèses.

Je l'ai conduit dehors pour lui changer les idées.

— Thomas, je voudrais ton avis..., lui ai-je déclaré tandis que nous nous avancions vers la Sainte-Bob. Est-ce que tu crois qu'il est possible de descendre la rivière en canoë... ? Il y a quand même pire que ça, j'ai l'impression...

— Tout dépend si tu veux arriver en bas en un

seul morceau..., m'a-t-il répondu en baissant les yeux.

Je lui ai posé les mains sur les épaules et j'ai cherché son regard.

— Écoute... C'est normal qu'elle te fasse payer ce que tu lui as fait tout à l'heure. Et tu sais ce que l'on dit : « Si tu donnes un coup de pied à ta femme, cours te mettre à l'abri si tu le peux. » Bon sang, Thomas, on croirait que tu ne la connais pas... ! Tu sais bien qu'elle n'est pas du genre à encaisser sans rien dire... Et puis, elle finira bien par se calmer... Elle ne s'y attendait pas, tu sais. Tu l'as vexée.

Nous avons observé un moment la Sainte-Bob qui coulait à nos pieds. Elle était lourde, énorme, puissante, et d'une certaine manière attirante, voluptueuse, compréhensive.

— Ça ne vaut pas la peine de prendre ce risque..., m'a-t-il déclaré. À présent, on finira bien par venir nous chercher.

— Bien sûr... Mais qu'est-ce que tu en penses... ?

Du bout du pied, il a poussé quelques cailloux qui ont roulé dans l'eau.

— Ça doit être possible... Si on y était obligé, ça pourrait se tenter... Bon Dieu ! Mais comment ça se fait qu'elle soit si gentille avec vous deux et qu'elle me traite de cette manière... ?

— Souviens-toi comment ça se passait avec Marion. Toi, tu pouvais lui dire tout ce que tu voulais... Mais dès que c'était moi qui ouvrais la bouche... Bah ! On pourrait parler de ça jusqu'à la fin des temps et on ne serait pas plus avancés. C'est déjà beau si elle ne bousille pas son tube de dentifrice...

— Je me suis toujours demandé si la vie nous accordait une *vraie* chance. J'aimerais bien savoir si j'ai été incapable de la saisir ou s'il ne s'est rien présenté...

Je l'ai laissé à ses réflexions et suis descendu au bord de la rivière pour tremper ma main dans l'eau. Elle n'était pas si froide que je l'avais imaginé. Tandis qu'elle filait entre mes doigts, je l'ai suivie des yeux jusqu'à l'endroit où elle disparaissait dans une boucle, agitant un bocage de jeunes chênes dont les premières branches ratissaient la surface, s'enfonçaient puis rejaillissaient comme sous le coup d'une décharge électrique.

Je suis remonté pour lui dire que le problème, à propos de la chance, était plutôt de savoir ce qu'on en faisait. Au-dessus de nos têtes, un splendide clair de lune scintillait sur la forêt, sur la mousse des rochers et dans les herbes courbées à nos pieds. Un hibou a ululé. Un écureuil a bondi d'un arbre. Durant ma convalescence, Marc m'avait apporté des livres et j'avais étudié la faune et la flore des environs. Il avait eu du mal à me ramener en ville. Je me suis rendu compte que cette vie me manquait un peu, mes balades de nuit à travers les bois, mes longues journées silencieuses, mes haltes au bord de la rivière, mes siestes sur certaine plate-forme de pierre chauffée par le soleil et qui dominait la vallée ou au fond d'une clairière, au milieu des

fleurs et en compagnie des abeilles qui tour-
noyaient dans la lumière.

— Thomas, est-ce que tu crois que je suis stupide... ? lui ai-je demandé.

— Je ne sais pas. Des fois oui, des fois non...

— Je voudrais que tu saches que je ne me suis
jamais moqué de toi. J'espère que tu n'en as jamais
douté, pas plus que de l'amitié que j'ai pour toi...

— Pourquoi tu me dis ça... ?

— Pour rien. Mais on ne sait jamais ce qui peut
arriver. J'avais envie de te le dire, c'est tout. Certaines choses doivent rester. Je crois qu'il est bon
de les affirmer, de temps en temps.

J'ai senti que je l'avais un peu gêné avec mes
déclarations mais j'étais content d'avoir pu lui glisser ces quelques mots. Nous nous sommes
retournés pour voir Marc et Victor qui sortaient de
la cabane avec le canoë renversé sur la tête.

Marc voulait l'examiner afin de juger de son état.
Il semblait satisfait, mais lorsque nous sommes
arrivés, Victor était en train de lui montrer une
fente qui lui avait échappé et qui pouvait se révéler
ennuyeuse tant que le bois n'aurait pas gonflé.

— J'imagine que nous n'en aurons pas besoin...,
a déclaré Marc en se passant une main dans les
cheveux. Mais s'il le faut, je devrai m'en contenter...

— Toi... ? ! s'est esclaffé Thomas. Mais tu n'as
jamais mis les pieds dans une barque... !

— Ne t'inquiète pas... Je saurai bien m'en
débrouiller si c'est nécessaire... !

Il en était capable. Cet homme-là aurait été fichu

de conduire une locomotive s'il en avait eu l'obligation. Les choses ne lui résistaient pas. Il souffrait même de ne pas trouver un adversaire à sa taille. C'était la raison pour laquelle il se battait contre lui-même depuis que Gladys était tombée malade. Il fallait donc davantage que la Sainte-Bob pour lui faire peur. Dernièrement, il cherchait à m'entraîner dans un saut à l'élastique. Mais j'avais prétendu que mon médecin me l'avait déconseillé.

— Nous allons bientôt manger... ? a demandé Victor.

— Mais mon pauvre... ! Nous n'avons rien à manger..., a soupiré Marc.

Nous avons reconnu qu'il n'avait pas grand-chose dans le ventre depuis le vendredi soir, compte tenu du sang qu'il avait perdu et du maigre sandwich qu'il avait avalé. Thomas lui a donné une tablette de chewing-gum en précisant que c'était la dernière qui lui restait.

Marc s'est étiré. Il nous a offert un cigare, puis il a tâté ses poches à la recherche d'allumettes. Thomas lui a proposé les miennes. Comme son visage s'éclairait à la lueur de la flamme, il nous a fixés un instant.

— Alors, qu'en pensez-vous... ? a-t-il lâché avec un sourire expectatif. Il me semble que nous n'avons rien résolu...

Nous avons eu beau nous gratter la tête, réaliser des ronds de fumée ou souffler sur le bout rouge d'un *Esplendido,* nous avons bien dû en convenir. « Ô combien ! » ai-je même grimacé à part moi. Eussions-nous laissé de côté le problème de l'ins-

pecteur, ceux que chacun d'entre nous avait encore
à régler donnaient le vertige.

— D'un autre côté, a considéré Thomas, s'il
suffisait de passer un week-end à la campagne pour
être touché par la grâce, avouez que ce serait trop
beau...

— Malheureusement, nous en sommes loin..., a
repris Marc. Je crains même que notre affaire n'ait
empiré, en toute franchise...

Nous avons suivi son regard. Bien entendu,
après que nous l'eûmes cru mort, cela avait été une
joie de le revoir sur pied et nous en avions oublié
le pansement qu'il avait sur le crâne — ledit bandage était dans un état terrible — et les errances
de son comportement.

Je me suis mis à réfléchir un instant tandis que
nous continuions d'observer notre homme. Et il
m'est revenu certains détails à l'esprit, comme la
manière dont il m'avait tiré de ce mauvais pas tout
à l'heure, ou celle dont il avait repéré la fente dans
le canoë et aussi la façon qu'il avait eue de faire
l'idiot avec ce trou dans son pull. Mais je n'en étais
pas sûr.

Quoi qu'il en soit, j'ai bondi sur lui, je l'ai flanqué par terre et je lui ai enfoncé le Smith & Wesson
dans la joue.

— ESPÈCE D'ORDURE...!! ai-je vociféré.
DONNE-MOI TON NUMÉRO DE SÉCURITÉ
SOCIALE...! VITE!!

Il a gémi une seconde parce que je lui tordais le
bras. Je lui ai enfoncé mon genou dans le dos et
j'ai vrillé le canon enfoncé dans sa peau.

— TOUT DE SUITE... ! !

Il m'a donné un numéro à toute vitesse. Je l'ai félicité. Puis je l'ai soulevé du sol et l'ai aussitôt raplati sans ménagement.

— TU ES MORT, MON SALAUD... ! ! ai-je continué. JE VEUX TON NOM, TON ADRESSE, TON NUMÉRO DE TÉLÉPHONE, LA MARQUE DE TA VOITURE, LE PRÉNOM DE TA FEMME... ! ! ET AUSSI QUEL JOUR ON EST OU JE TE DESCENDS COMME UN CHIEN... ! !

Je ne me souvenais pas d'avoir jamais hurlé à l'oreille de quelqu'un de cette façon. Dans un souffle, Victor m'a donné toutes les informations que je désirais.

— Dis donc, tu sais que tu m'as fait peur... ! m'a déclaré Thomas tandis que je me redressais.

Marc s'est tourné pour rassurer les deux femmes qui se demandaient ce que l'on fabriquait.

— Tout va bien... ! leur a-t-il lancé. Patrick vient de s'expliquer avec M. Brasset... Mais l'incident est clos... !

J'ai ramassé mon cigare et l'ai jeté à la rivière après examen. Marc m'en a offert un autre. Je me suis aperçu que j'en avais encore les mains qui tremblaient. J'ai glissé un coup d'œil à l'inspecteur tandis que Marc me donnait du feu. Il se relevait et semblait dans ses petits souliers.

— C'est tout de même désolant d'avoir à faire ça..., ai-je confié à Marc. Il y a des professionnels pour ce genre de chose !... Parce que s'il faut lui braquer une arme sur la tête toutes les cinq minutes...

— Oui... Il va sans doute nous donner du fil a retordre... Mais j'ai bon espoir, malgré tout, même s'il doit nous revenir plus cher que ses prédécesseurs... Ah, mais que veux-tu... ! C'est la jungle... ! L'avenir est devenu si incertain que chacun essaie de tirer le maximum tant qu'il le peut. Crois-moi, si j'avais su qu'il roulait en Porsche et que sa femme se prénommait Carol-Anne, je me serais bien entendu montré plus méfiant... Tu sais qu'il fut un temps où tu achetais un inspecteur en lui offrant une semaine de vacances à la Mamounia... ! Ah, ils n'étaient pas si gourmands, à l'époque... Et ces salopards s'excusaient presque du dérangement. Certains n'osaient même pas demander si le voyage était compris.

— Bon Dieu ! Ça me rend malade d'entendre parler de ces histoires... ! a soupiré Thomas.

— Thomas, la fierté n'est accessible qu'à un tout petit nombre... La pureté n'est pas dans la nature de l'homme, malheureusement, et les saints sont plutôt occupés à garder les mains propres. Quant à nous, si nous ne pouvons pas prétendre au paradis, essayons de ne pas finir en enfer.

À ces mots, il s'est échappé de la poitrine de Thomas un si formidable bâillement qu'il s'est senti obligé de s'en excuser. Il devenait évident que la fatigue commençait à nous gagner après tous ces exercices. Mais d'autres fardeaux nous engourdissaient, d'autres épreuves nous avaient scié les jambes. Nous sommes tous restés alignés devant la Sainte-Bob, durant une minute ou deux. Sans bouger, sans prononcer un mot et sans nous être

255

concertés. La rivière avait un effet hypnotique et apaisant. Il ne fallait pas nourrir de grands projets ni espérer de libération totale. Il fallait chaque fois réunir toutes ses forces pour avancer d'un pas. Il n'y avait pas de sacrifice insurmontable. Jamais l'on ne donnait tout ce que l'on possédait. À la fin d'un problème surgissait un autre problème.

Le jour allait se lever. Jackie a frissonné. Elle a dit que le spectacle de la rivière finissait par lui *flanquer un fichu vague à l'âme*. Thomas lui a demandé si ce n'était pas plutôt la lumière du petit jour, timide et vaporeuse, mais elle ne lui a pas répondu. Il n'était pas encore au bout de ses peines. Quelques nappes de brume flottaient au ras des berges, d'autres s'élevaient au-dessus de la forêt qui sortait de l'ombre et commençait à reverdir. Eileen a pris le bras de Jackie pour l'aider à retourner vers la cabane. Thomas a enfoncé ses mains dans ses poches et, le front baissé, leur a emboîté le pas.

— Crois-tu qu'ils s'en sortiront cette fois encore... ? a glissé Marc en se frottant les joues.

— Je ne sais pas. C'est une drôle de femme... Mais tu vois, j'ai l'impression que ce n'est pas moi qui vais l'aider à retrouver sa bonne humeur...

— Ah ! Mais aussi, a-t-il grimacé, tu choisis toujours mal ton moment... !

— Je ne *choisis pas* le moment, figure-toi... !

Il m'a regardé puis a haussé les épaules avant de détourner les yeux :

— Enfin... Peut-être que tu ne t'en rends pas

compte, après tout... Tu dois imaginer que les gens ont des ressources inépuisables...

Je n'ai rien dit mais je me suis demandé si j'allais jamais trouver la force de franchir tous ces obstacles. J'ai senti que si Marc insistait davantage, mon sort était réglé. Mais il s'est tourné vers Victor et lui a déclaré que malgré tout, j'étais un gentil garçon.

— On peut donc lui pardonner bien des choses..., a-t-il ajouté. Et voyez-vous, j'aimerais qu'il en soit ainsi à votre sujet... Nous aurions la possibilité d'adopter un compromis qui nous satisferait l'un et l'autre, si vous êtes raisonnable... Dans le cas contraire, je n'ose même pas vous parler des tracas auxquels vous vous exposeriez, mon pauvre ami. Ça, je vous en fais le serment... !

Victor a dansé d'un pied sur l'autre. Il s'est accordé quelques grimaces d'hésitation. Puis il a arraché son pansement et a demandé à Marc de lui offrir un cigare.

Il a soufflé la fumée vers le ciel, avec beaucoup d'assurance.

— Bien entendu..., a-t-il déclaré les bras croisés et souriant à son *Esplendido*, bien entendu, il faudrait que je récupère certaines photos...

— Cela va de soi ! Vous allez même pouvoir bénéficier d'un arrêt de travail, si je ne m'abuse.

— Oui, mais je les connais... Ça n'ira pas chercher bien loin...

— Écoutez, je me fais fort de vous obtenir trois bonnes semaines. Qu'en dites-vous... ?

— Ah ! Vous me tentez... ! a-t-il soupiré. Et

maintenant que nous nous connaissons un peu... Enfin, ce n'est plus la même chose...

Je les ai quittés avant qu'il ne veuille que nous échangions nos adresses.

Je me suis installé près du feu pour me réchauffer. Jackie a voulu que je lui donne mon rouleau de corde pour appuyer sa tête mais j'ai préféré lui donner mon imperméable. Je l'ai plié et roulé pour lui confectionner une sorte de coussin japonais et je suis allé le lui glisser sous la nuque. Ils avaient étendu une bâche sur le sol. Thomas et Eileen jouaient avec des osselets qu'ils avaient dénichés dans une des boîtes, sur l'étagère. Il était sur le point de tenter une Tête de Mort et expliquait à Eileen les difficultés de l'opération. Jackie m'a dit que j'étais bien aimable. Elle me fixait d'une manière que je n'aimais pas beaucoup, trop insistante, un peu comme s'il y avait eu quelque chose d'écrit sur ma figure. Mais je ne jouais pas à ce jeu-là. Pour plaisanter, j'ai déclaré que je ne pouvais me permettre de lui masser les fesses. Son air ne s'est pas adouci une seconde. Elle s'était redressée. À présent, elle était en appui sur les coudes.

— Tu es tellement brutal... ! a-t-elle grincé entre ses dents.

— Je ne t'avais pas vue. Je suis désolé.

— Fais-moi le plaisir de garder tes excuses... Je n'en ai pas besoin !

À mon tour, j'ai trouvé quelques dés dans une boîte. Je lui ai proposé de faire une partie avec moi mais il m'a semblé que je l'énervais davantage.

D'ailleurs, elle ne m'a pas répondu. Sans cesser de jouer, Thomas m'a glissé un coup d'œil accablé. « Patte de chat... ! a-t-il annoncé. Patte de crabe... ! Patte de chien... ! Patte de singe... ! Patte d'ours... ! »

— Ah ! Seigneur Jésus... ! a soupiré Jackie en se laissant retomber sur le dos.

Au bout d'un moment, Marc et l'inspecteur sont rentrés. J'étais resté planté comme un mort, le dos tourné au poêle, les yeux fixés au mur, plus précisément sur un clou où il ne pendait plus rien. Je savais que ce ne serait pas facile. Je ne savais même pas si j'étais prêt.

Marc est allé réconforter Jackie qui avait levé un bras d'agonisante sitôt qu'il était apparu. Puis, quelque peu ragaillardie, et ravalant sa propre souffrance, elle a insisté pour examiner le crâne de Victor Brasset. Ce n'était pas si vilain, selon elle.

— Vous savez, a-t-elle ajouté, je connais quelque chose de bien pour vos oreilles... Les bougies Hopi. Je vous promets que c'est radical... !

— Ah bon... ? a murmuré l'inspecteur dont les joues avaient rosi.

— Oui, on place cette bougie creuse dans l'oreille et on l'allume. Cela agit comme une petite cheminée. Il se crée une dépression qui aspire les impuretés ramollies par la chaleur... Vous serez étonné du résultat, croyez-moi... ! Vous regarderez à l'intérieur de la bougie... Vous verrez tout ce que vous trouverez à l'intérieur... !

— Oh Jackie... ! Je t'en prie... ! a gémi Marc.

Eileen en avait assez de jouer aux osselets. Elle

est venue se réchauffer à côté de moi tandis que Thomas essayait d'enrôler d'autres partenaires. Marc a prétendu que nous ferions mieux de nous accorder quelques heures de sommeil afin de reprendre des forces.

Eileen m'a demandé pourquoi j'avais l'air soucieux. J'ai remis une bûche dans le Sirius et je lui ai répondu que c'était passager.

— C'est comme une sorte de trac..., ai-je précisé sur le ton de la plaisanterie. Cela me poursuit depuis la mort de ma belle-mère... Écoutez..., j'aimerais bien pouvoir vous parler, mais ce n'est pas possible. Soyez gentille, ne me demandez pas pourquoi.

J'ai levé un œil pour m'assurer que personne n'écoutait. Je me suis tourné vers le poêle pour terminer la conversation.

— Vous savez, lui ai-je murmuré à l'oreille, je suis arrivé à un âge où les paroles ne comptent plus beaucoup. On s'en fatigue assez vite. Je n'ai pas besoin qu'on me tienne la main, pour le moment. Cela me gênerait plus qu'autre chose...

— Ce qui est fatigant, c'est de faire un pas en avant et un autre en arrière..., m'a-t-elle soufflé.

J'ai ricané dans mon coin.

— Mais plus ça va et moins on a le droit à l'erreur..., lui ai-je rétorqué. Vous avez remarqué que vers la fin, la moindre chute vous casse le col du fémur ? On passe de la souplesse à la raideur, de quelque manière qu'on s'y prenne...

Nous avons échangé un coup d'œil furtif. J'ai pu

m'apercevoir que j'avais dit quelque chose de drôle.

— Vous êtes toujours comme ça... ? m'a-t-elle interrogé.

— Non... Enfin, je ne m'en rends pas compte..

— Vous savez, Patrick... J'espère que nous allons finir par mieux nous connaître...

J'ai pris mon cigare entre mes dents.

— Vous m'avez entendue... ? a-t-elle insisté.

— Oui, bien chûr... ! ai-je marmonné en me baissant pour secouer le panier à braises.

Un peu avant six heures du matin, tout le monde était endormi. Le sommeil avait tout d'abord emporté Jackie, puis Thomas qui s'était allongé près d'elle, et Eileen qui nous avait regardés jouer un moment. J'avais connu un instant d'affolement lorsque j'avais pris conscience qu'il n'était plus question de leur dire un mot. J'avais continué de jouer avec Marc et Victor. Tandis que j'inscrivais les points sur mon carnet, l'idée m'était venue de leur écrire un billet à chacun, mais je n'en avais rien fait. Pas plus que je n'avais eu de conversation particulière avec Marc. Nous avions chargé le Sirius avant de nous étendre sur le sol.

Je n'avais pas fermé l'œil. J'avais de nouveau examiné ce clou planté dans le mur. J'ai fini par conclure qu'il devait servir de portemanteau. J'y ai suspendu ma chemise en sortant. Puis je me suis glissé dehors, plus silencieux qu'un chat.

Il faisait un temps magnifique. Une matinée lumineuse suspendue sous un ciel bleu lavé à grande eau. J'ai boutonné le ciré que j'avais emprunté à Marc car l'air était encore frais. Les mains sur les hanches, le dos courbé en arrière, j'ai respiré plusieurs fois pour tenter de remplir mes poumons. J'avais l'impression qu'ils se bloquaient avant d'être tout à fait pleins. C'était désagréable. Quoi qu'il en soit, malgré tous mes efforts, je n'ai rien pu y changer.

Je me suis assis sur le canoë pour fumer une cigarette. Je n'avais pas de feu. D'où je me tenais, je ne pouvais pas voir la Sainte-Bob mais je l'entendais ronfler et son souffle m'envahissait, me picotait le visage et les mains. Au-delà, il y avait le silence de la forêt et du ciel qui planait comme un vol de grands oiseaux invisibles. J'ai ôté le rouleau de corde qui pendait à mon cou afin de me détendre la nuque. Après quoi, je l'ai remis à sa place. Rien ne se passe de la manière dont on l'imagine. C'est toujours plus simple ou plus compliqué.

Après un moment, j'ai chargé le canoë sur mon dos et j'ai contourné le tertre pour descendre jusqu'à la rivière. Je suis remonté chercher une pagaie. Il y avait encore un filet de fumée blanche qui ondulait au-dessus de la cheminée et les carreaux étaient couverts de buée. Je n'étais pas sûr d'avoir choisi la meilleure solution mais j'étais décidé et je me sentais calme. Je n'ai donc pas traîné sous leurs fenêtres. Si j'ai tourné une ou deux minutes autour de la cabane, c'était simplement pour chercher un récipient quelconque, au cas où je devrais écoper.

Puis je suis redescendu au bord de la Sainte-Bob avec ma pagaie et une vieille boîte de conserve dont j'ai replié le couvercle à l'intérieur. J'ai examiné une dernière fois la rivière avant de m'élancer. Elle n'était pas réellement effrayante. Je savais que deux cents mètres plus bas, lorsqu'elle s'enfonçait dans la gorge, je devrais sans doute réviser mon jugement, mais il me semblait que son flot était plus régulier, plus ample qu'une ou deux heures auparavant. À moins que ce ne fût moi.

À l'instant où je sautais dans le canoë, j'ai levé les yeux et j'ai aperçu Marc, debout sur le tertre. Je me suis demandé si j'avais quelque chose à lui dire, mais je n'ai rien trouvé et j'ai dû aussitôt m'activer pour éviter un remous qui menaçait de placer mon embarcation en travers.

— FAIS ATTENTION À TOI...! DONNE-MOI DE TES NOUVELLES. ! a-t-il hurlé dans mon dos.

J'ai attendu d'avoir atteint le milieu de la rivière pour me retourner. Je ne distinguais même plus son visage. J'ai malgré tout soulevé ma pagaie au-dessus de ma tête. «Voilà. C'est joué...!» ai-je pensé en la replongeant dans l'eau.

Avant de franchir la première boucle, j'ai obliqué vers la berge. Je voulais prendre ce virage le plus serré possible car tout seul, je n'étais pas sûr de pouvoir lutter contre le courant. Installé à l'arrière, je pagayais ferme pour me placer à la corde quand j'ai aperçu une ombre qui courait dans les bois, éclairée çà et là par la lumière qui tombait entre les fûts des sapins

J'ai continué de manœuvrer ma rame d'un côté et de l'autre. Je devais me baisser en avant pour échapper aux branches et ne pas perdre des yeux mon coureur qui bondissait par-dessus les fourrés. J'éprouvais des sentiments confus et contradictoires. J'ai encore filé sur une cinquantaine de mètres puis j'ai stoppé le canoë en m'accrochant à une racine qui pointait de la rive. Durant quelques secondes, je me suis fait peur. Puis Eileen a surgi du feuillage et a sauté à bord.

Au moins, elle s'était munie d'une pagaie. Elle m'a dit bonjour et s'est installée à l'avant. J'ai cramponné la racine encore un instant, après quoi j'ai repoussé le canoë dans le courant et nous avons pagayé dur pour rester au milieu de la rivière.

Par bonheur, ce n'était pas le moment d'avoir une conversation. Le grondement de la Sainte-Bob aurait couvert nos paroles et il y avait plus urgent. Nous approchions de la gorge à vive allure. J'ai tiré ma pagaie hors de l'eau pour observer l'étroit couloir au milieu duquel la rivière s'engouffrait. Il y avait encore de la brume sur les hauteurs, vers le sommet des deux parois d'où ruisselaient des gerbes lumineuses, plongeaient des cascades. Il s'agissait du passage le plus délicat, celui pour lequel j'aurais pu nourrir quelques inquiétudes. Mais nous étions deux, à présent, et le contrôle de l'embarcation s'en trouvait facilité. J'ai failli l'appeler pour lui donner certains conseils avant que nous ne nous engagions dans la passe. J'y ai renoncé. De toute façon, il était trop tard. Le canoë commençait déjà à danser dans tous les sens et le courant s'accélérait à mesure que les parois s'élevaient au-dessus de nos têtes.

Elle s'est tournée pour me jeter un dernier coup

d'œil. Je ne me sentais pas d'excellente humeur. Lorsque le canoë a piqué légèrement du nez pour s'élancer dans la gorge, je n'avais pas encore décidé si j'étais satisfait ou non de la situation. Sa chevelure s'est soulevée comme un étendard flamboyant à l'avant de notre esquif. Ce n'était pas ce que j'avais prévu.

Très vite, nous avons filé droit vers la muraille. Au moyen de furieux coups de rames, nous sommes parvenus à éviter de nous y jeter la tête la première. Nous avons heurté la paroi sur le côté et le canoë s'y est frotté avec des craquements épouvantables que l'écho a démultipliés.

Dès que nous avons pu nous arracher à la muraille, nous avons bondi dans un tourbillon qui nous a projetés de l'autre côté, avec une telle force que j'ai cru que le canoë s'envolait. D'un coup de pagaie, je l'ai repoussé vers le milieu et nous avons pris de la vitesse. Le ciel apparaissait par instants, dans les trouées de brume, et atténuait cette impression de s'enfoncer dans un boyau translucide qui se refermait derrière nous. Agenouillée à l'avant, Eileen se démenait comme un beau diable. Elle s'en tirait même très bien. Quand le canoë se soulevait et retombait avec un bruit de grosse noix brisée, elle se penchait et plongeait sa rame dans l'eau sombre avec la dernière énergie.

Dans un goulet, nous avons failli nous mettre en travers et j'ai vu le moment où nous allions chavirer. Je ne sais pas par quel miracle nous y avons échappé. Une autre fois, nous avons exécuté un tour complet en tournant autour d'un siphon qui nous a recrachés un peu plus loin dans les branches d'un arbuste qui avait poussé sur le flanc de la paroi et qui nous a giflés au passage. Quand tout allait bien, nous filions au milieu du défilé, mais nous arrivions si vite dans les boucles que nous ne pouvions plus freiner et le canoë allait s'aplatir contre la muraille. Il prenait un peu l'eau, les plats-bords étaient déchiquetés et il était un peu défoncé à l'avant et sur un côté. Il tenait bon, malgré tout, beaucoup mieux que je ne l'avais imaginé, compte tenu des épreuves qu'il subissait.

Bien que nous n'eussions pas le temps d'admirer le paysage, le défilé offrait par moments des instantanés saisissants, d'une beauté vertigineuse et presque redoutable du fait de l'à-pic de ses parois que la lumière du ciel découpait en zones d'ombre ou d'éblouissement. La Sainte-Bob sifflait, grondait et moussait en se ruant vers la vallée qu'elle avait sans doute inondée en aval d'Hénochville. À un autre moment, nous sommes restés coincés entre deux rochers qui nous ont pris comme une tenaille. Il a fallu que nous nous servions de nos pagaies comme des pieds-de-biche, puis tout à coup un flot brutal nous a soulevés à l'arrière, au point que j'ai pensé que nous basculions cul par-dessus tête, mais le canoë s'est dégagé et a filé comme une flèche.

Je me suis demandé comment Eileen tenait le coup. Pour ma part, j'étais à bout de force, trempé des pieds à la tête par la transpiration qui me piquait les yeux. J'avais déjà descendu ces gorges en été, mais je ne reconnaissais rien et j'étais incapable d'évaluer la distance qu'il nous restait à parcourir avant que la rivière n'en sorte et ne reprenne un cours un peu plus calme. Combien de fois avons-nous encore été précipités contre les parois, malmenés dans un tourbillon, combien de rochers avons-nous rabotés, percutés, combien de fois avons-nous failli passer par-dessus bord avant de laisser les gorges derrière nous... ?

Nous avons glissé. Dans un dernier bouillon sauvage, nous avons glissé sur des flots plus tranquilles. Les hautes murailles avaient disparu d'un seul coup et la Sainte-Bob s'étalait, noyait les pieds des sapins qui bordaient ses rives. Ce n'était pas encore une partie de plaisir, mais je me suis effondré un instant dans le fond du canoë, sous le ciel bleu. J'ai laissé Eileen se débrouiller seule durant quelques minutes. Puis je me suis aperçu que j'étais couché dans l'eau, une bonne douzaine de centimètres. J'ai donc fini par me relever et j'ai repris ma pagaie.

Elle s'est tournée pour me dire que nous ne nous étions pas mal débrouillés. Je n'ai rien répondu car je n'avais pas envie de lui parler. Je ne savais pas très bien pourquoi, d'ailleurs, mais c'était ainsi. Elle n'a pas insisté.

Nous nous tenions au milieu de la rivière. Il faisait un temps magnifique, si calme et si doux que la couleur et le débit furieux de la Sainte-Bob avaient quelque chose d'inexplicable, d'incompréhensible. J'ai retrouvé ma boîte de conserve et je me suis mis à écoper tandis que nous descendions vers la vallée en filant bon train.

— Vous êtes fâché après moi... ? m'a-t-elle demandé.

Je ne voulais toujours pas lui parler.

Non pas que je voulusse par là lui signifier que sa présence n'était pas à mon goût, ce que je n'avais pas encore très bien examiné, mais les mots ne voulaient pas sortir de ma bouche. Sans doute étais-je frappé d'un mutisme passager, d'une sorte de blocage somme toute assez naturel eu égard à l'importance de la décision que j'avais prise. On ne laissait pas tout ce que je laissais derrière moi sans une certaine appréhension et l'envie de discuter n'était pas la première chose qui vous démangeait, bien au contraire.

Je l'ai fixée un instant puis j'ai regardé ailleurs en menant le canoë comme si j'étais seul. Les berges filaient de chaque côté, touffues et verdoyantes, découpées en dents de scie par les drapeaux pointus des grands sapins qui dévalaient de la montagne et miroitaient dans le soleil levant. À présent, on pouvait repérer les tourbillons hasardeux, les remous, les contre-courants et autres bien à l'avance et s'en tenir à l'écart sans trop de difficultés.

Elle est restée un bon moment silencieuse. De temps en temps, je lui jetais un coup d'œil et j'étais touché par le charme qui rayonnait de sa personne. Autrefois, et je ne pouvais plus me l'expliquer aujourd'hui, j'avais été subjugué par la beauté glacée et cruelle de Marion, c'était dire à quel point j'avais changé. Alors que je conduisais le canoë dans une suite de larges méandres, j'ai pris conscience de la ressemblance entre mon ex-femme et Jackie sur bien des points. Avait-il fallu que je sois complètement fou et totalement aveugle... ! « Qu'est-ce qui nous poussait ainsi à notre perte..., me demandais-je en ramenant le canoë au centre de la rivière. Qu'est-ce qui nous faisait recommencer les mêmes erreurs, encore et toujours... ? »

Elle a voulu savoir pourquoi je souriais. Nous abordions une longue et faible descente en ligne droite, presque tranquille au regard de ce que nous avions connu plus haut. J'ai sorti ma pagaie hors de l'eau et l'ai rangée à côté de moi. Puis j'ai dégrafé mon ciré parce que j'avais chaud, pas pour lui montrer les poils de ma poitrine dont je ne tirais d'ailleurs aucune fierté particulière. Et j'ai pris mon carnet de ma poche arrière. La dernière page utilisée était noircie des scores que nous avions réalisés, Marc, l'inspecteur et moi, au cours de nos dernières parties. Je l'ai déchirée, réduite pensivement en une boulette que j'ai fini par envoyer au-dessus de mon épaule.

Je ne souris pas vraiment. Et puis je dois me faire à votre présence. C'est que je n'avais pas prévu les choses de cette manière... Laissez-moi encore un peu de temps pour réaliser ce qui se passe. J'ai l'impression que la lumière peut arriver d'une seconde à l'autre.

Je me suis penché pour lui tendre mon billet. Puis je me suis remis à pagayer cependant qu'il me semblait que des gerbes d'étincelles fusaient au loin mais cela provenait à coup sûr de reflets qui zigzaguaient à travers la forêt et bondissaient des terres inondées.

Elle a voulu que je lui prête mon carnet. Cela m'a fait plaisir. Malgré la fatigue, j'ai senti qu'une douce énergie m'envahissait et que le canoë m'obéissait à présent au doigt et à l'œil. Il filait avec légèreté et produisait un petit sifflement régulier des plus agréables. À la sortie d'une boucle, et comme elle me tendait son mot, j'ai aperçu les fumées de la Camex qui s'effilochaient dans les airs.

Patrick, j'ai pensé qu'il fallait nous forcer un peu, vous et moi. Je suis persuadée d'avoir eu raison, même s'il est encore trop tôt pour le vérifier. J'ai des tas d'idées pour votre salon, vous savez, ici ou ailleurs. Je crois avoir compris ce que vous vouliez. Vous voulez parier... ?

Je me suis mis à pagayer plus vite, les fesses décollées des talons et les mâchoires serrées. J'avais la sensation d'attraper la Sainte-Bob à pleines mains, d'être grimpé sur son dos et de lui souffler mes secrets à l'oreille. J'ai repris mon carnet après avoir réalisé une pointe de vitesse dont je suis resté ébahi. Comme je n'avais toujours pas retrouvé ma langue, j'ai tendu le bras en direction de rochers affleurant la surface dans des remous nerveux et qu'il conviendrait d'éviter.

Je propose que nous nous arrêtions en ville pour bou-
cler nos valises. Nous pourrions filer tout de suite, ou
nous donner le temps de régler certains détails... Vous
me prenez un peu de court, je n'ai donc rien de très
précis en tête... Savez-vous que nous venons d'effectuer
une descente à faire pâlir de vrais professionnels... ?
Mais d'où sortez-vous, nom d'un chien... ? ! (J'ai levé
les yeux une seconde pour voir si elle n'allait pas
nous précipiter dans les écueils. J'ai suivi du regard
un vol de colverts qui remontait la Sainte-Bob et
s'élevait en bifurquant vers les terres. Comme elle
avait le dos tourné, j'ai avancé la main en direction
de ses cheveux, mais je n'avais pas le bras assez
long, c'était juste pour m'amuser.) *Vous savez pour-*
quoi j'ai voulu partir sans vous ? C'est parce que je fais
tout de travers. Je mériterais d'être pendu à cette corde
que j'ai autour du cou. À moins que je ne trouve une
autre façon de m'en servir. D'ailleurs, il me vient une
idée à ce propos, mais il est encore trop tôt pour en
parler.

P.-S : Ne me dites rien. Nous sommes bientôt arrivés.

Tandis qu'elle parcourait mon billet, j'ai repris
ma pagaie et la direction des opérations. La Sainte-
Bob s'élançait dans une dernière boucle avant
d'entrer en ville. C'était un virage plutôt serré, qui
frissonnait dans un grand éboulis de roches aux
dents dures. Nous devions encore rester vigilants.

Eileen a plié mon message et l'a glissé dans sa
poche sans mot dire. Son sourire, pour discret et
malicieux qu'il fût, me suffisait amplement. Nous
avons continué notre chemin sous un ciel radieux,

manœuvrant notre embarcation avec une grâce et une aisance qui ne m'étonnaient même plus. Et aucune chose, me disais-je, ne pourrait désormais m'étonner dans cette vie.

Lorsque nous avons été aspirés dans la fureur sauvage de notre ultime épreuve, j'ai failli me mettre debout dans le canoë pour montrer que j'étais prêt à me battre et que la fureur joyeuse qui m'envahissait valait bien l'autre, mais ce n'était pas le moment de faire l'imbécile. J'ai laissé le canoë dériver vers les rochers contre lesquels se ruait la rivière, explosaient des geysers limoneux, hauts et raides comme des spectres, puis j'ai coupé brutalement dans l'intérieur de la boucle et nous avons ramé de toutes nos forces avec la désagréable impression de patiner sur place.

Ensuite, nous avons tiré le canoë sur la berge. Le plus dur, en fait, a été de regagner la route qui menait à l'entrée de la ville, car la crue avait ravagé les berges. Il nous a fallu un bon moment avant de trouver un accès praticable.

Après quoi, il nous a suffi de longer la route. Nous marchions d'un bon pas, dans un silence harmonieux et sous l'œil des moineaux perchés sur les câbles électriques. J'ai salué Paul Borrys en passant devant chez lui, pour ainsi dire au pas de course. Mon genou me faisait souffrir mais je ne me laissais pas distancer d'une semelle. Elle a bondi par-dessus le portillon de mon jardinet. Je l'ai ouvert et me suis élancé derrière elle.

Elle avait les clés. Nous avons eu un bref instant d'hésitation, le temps de décider si nous allions chez moi ou chez elle. Elle a prétendu qu'elle avait une literie toute neuve.

Je n'ai rien regretté, il y avait une belle lumière dans sa chambre. Puis j'ai réussi à m'arracher à la contemplation de ce fameux corps blanc étendu sur le drap et j'ai commencé à dérouler ma corde pour lui nouer avec douceur les quatre membres aux montants du lit.

— Oh Patrick, vous me faites peur...! a-t-elle plaisanté.

— Je suis une espèce d'assassin..., lui ai-je répondu.

DU MÊME AUTEUR

Aux Éditions Gallimard

SOTOS, *roman*, 1993, *Folio n° 2708*
ASSASSINS, *roman*, 1994.
CRIMINELS, *roman*, 1997.

Aux Éditions Bernard Barrault

50 CONTRE 1, *histoires*, 1981.
BLEU COMME L'ENFER, *roman*, 1983.
ZONE ÉROGÈNE, *roman*, 1984.
37°2 LE MATIN, *roman*, 1985.
MAUDIT MANÈGE, *roman*, 1986.
ÉCHINE, *roman*, 1988.
CROCODILES, *histoires*, 1989.
LENT DEHORS, *roman*, 1991, *Folio, n° 2437.*

Chez d'autres éditeurs

LORSQUE LOU, *ill. par M. Hyman, Futuropolis*, 1992
BRAM VAN VELDE, Éditions Flohic, 1993.
ENTRE NOUS SOIT DIT, Éditions Plon, 1996.

COLLECTION FOLIO

3017.	Jean Lacouture	*Une adolescence du siècle Jacques Rivière et la* N.R.F.
3018.	Richard Millet	*La gloire des Pythre.*
3019.	Raymond Queneau	*Les derniers jours.*
3020.	Mario Vargas Llosa	*Lituma dans les Andes.*
3021.	Pierre Gascar	*Les femmes.*
3022.	Penelope Lively	*La sœur de Cléopâtre.*
3023.	Alexandre Dumas	*Le Vicomte de Bragelonne I.*
3024.	Alexandre Dumas	*Le Vicomte de Bragelonne II.*
3025.	Alexandre Dumas	*Le Vicomte de Bragelonne III.*
3026.	Claude Lanzmann	*Shoah.*
3027.	Julian Barnes	*Lettres de Londres.*
3028.	Thomas Bernhard	*Des arbres à abattre.*
3029.	Hervé Jaouen	*L'allumeuse d'étoiles.*
3030.	Jean d'Ormesson	*Presque rien sur presque tout.*
3031.	Pierre Pelot	*Sous le vent du monde.*
3032.	Hugo Pratt	*Corto Maltese.*
3033.	Jacques Prévert	*Le crime de Monsieur Lange. Les portes de la nuit.*
3034.	René Reouven	*Souvenez-vous de Monte-Cristo.*
3035.	Mary Shelley	*Le dernier homme.*
3036.	Anne Wiazemsky	*Hymnes à l'amour.*
3037.	Rabelais	*Quart livre.*
3038.	François Bon	*L'enterrement.*
3039.	Albert Cohen	*Belle du Seigneur.*
3040.	James Crumley	*Le canard siffleur mexicain.*
3041.	Philippe Delerm	*Sundborn ou les jours de lumière.*
3042.	Shûzaku Endô	*La fille que j'ai abandonnée.*
3043.	Albert French	*Billy.*
3044.	Virgil Gheorghiu	*Les Immortels d'Agapia.*
3045.	Jean Giono	*Manosque-des-Plateaux* suivi de *Poème de l'olive.*
3046.	Philippe Labro	*La traversée.*
3047.	Bernard Pingaud	*Adieu Kafka ou l'imitation.*
3048.	Walter Scott	*Le Cœur du Mid-Lothian.*
3049.	Boileau-Narcejac	*Champ clos.*
3050.	Serge Brussolo	*La maison de l'aigle.*
3052.	Jean-François Deniau	*L'Atlantique est mon désert.*
3053.	Mavis Gallant	*Ciel vert, ciel d'eau.*
3054.	Mavis Gallant	*Poisson d'avril.*

Composition Bussière
et impression Bussière Camedan Imprimeries
à Saint-Amand (Cher), le 14 septembre 1998.
Dépôt légal : septembre 1998.
1ᵉʳ dépôt légal dans la collection : mai 1996.
Numéro d'imprimeur : 984315/1.
ISBN 2-07-039470-0./Imprimé en France.

88675